Três contos

Foto: Nadar, c. 1865

Gustave Flaubert

Três contos

Tradução
Milton Hatoum e Samuel Titan Jr.

Prefácio
Samuel Titan Jr.

COSACNAIFY

Imagem de sobrecapa: *A lavadeira* (*c.* 1861), óleo sobre tela de Honoré Daumier. 49 x 33,5 cm. Paris, Musée d'Orsay.
Foto © Réunion des Musées Nationaux, Hervé Lewandowski
Foto do autor © Ken Welsh/Bridgeman Art Library

Coleção Prosa do Mundo
Coordenação Samuel Titan Jr.
Conselho editorial Augusto Massi e Davi Arrigucci Jr.

Capa Raul Loureiro
Composição Jussara Fino
Revisão Eugênio Vinci de Moraes
Projeto gráfico da coleção Fábio Miguez

1ª reimpressão, 2006

Dados Internacionais de Catalogação na Publicação (CIP)
(Câmara Brasileira do Livro, SP, Brasil)

Flaubert, Gustave, 1821-1880.
Três contos/Gustave Flaubert; tradução Milton Hatoum e Samuel Titan Jr.; prefácio Samuel Titan Jr. – São Paulo: Cosac Naify, 2004. 144 pp.
[Coleção Prosa do Mundo; 17]

Título original: *Trois contes*
Bibliografia.
ISBN 85-7503-344-1 (obra completa)
ISBN 85-7503-206-2 (v. 17)

1. Contos franceses I. Titan Jr., Samuel. II. Título. III. Série.

04-5325 CDD-843

Índices para catálogo sistemático:
1. Contos: Literatura francesa 843

COSAC NAIFY
Rua General Jardim, 770, 2º andar
01223-010 São Paulo SP
Tel.: [55 11] 3218 1444
Fax: [55 11] 3257 8164
www.cosacnaify.com.br

Atendimento ao professor: [55 11] 3823 6595

Prefácio por Samuel Titan Jr.

O ano de 1875 foi sombrio para Gustave Flaubert. O trabalho exaustivo no que seria o seu último romance parecia chegar a um impasse: esmagado pela carga de leituras preliminares e pelas próprias dificuldades do projeto de *Bouvard e Pécuchet*, o autor já não se julgava capaz de escrever uma só frase. Não era o único fracasso a contabilizar. A partir de *Madame Bovary*, romance de 1857 que lhe rendera um tremendo *succès de scandale* e um processo por obscenidade, o autor consolidara entre os colegas de ofício o bom nome de romancista rigoroso e controverso com *Salammbô*, de 1862, e sobretudo com *A educação sentimental*, de 1869. Contudo, estes dois livros haviam sido grandes fracassos de público e de imprensa, inferiores apenas ao desastre da *Tentação de Santo Antônio* e das duas peças que Flaubert escreve na primeira metade da década.

Esses anos são igualmente marcados pela perda de pessoas queridas, a começar pelo fiel Louis Bouilhet, colega de liceu e companheiro de vida literária, falecido em 1869; seguem-no Jules Duplan, Jules de Goncourt, Théophile Gautier e a mãe do escritor; George Sand morrerá em junho de 1876. Finalmente, para completar o quadro, há o fantasma da falência. Flaubert confiara a gestão de seus bens ao marido da sobrinha Caroline, que fizera empréstimos para cobrir os prejuízos de seu negócio de importação de madeira; no começo de 1875, os credores batem à porta. Para salvar a sobrinha da humilhação, Flaubert vende uma propriedade e por pouco não se desfaz da própria casa em Croisset, perto de Rouen. Em setembro, esgotado, à beira da crise nervosa, o escritor aceita o convite de um amigo, o naturalista Pouchet, e vai passar alguns dias de repouso em Concarneau, na costa bretã.

É ali que lhe vem a idéia de tentar escrever "A legenda de São Julião Hospitaleiro", "apenas para me ocupar com alguma coisa, para ver se ainda sei fazer uma frase", como diz numa carta. O tônico mostrou-se revigorante: antes de concluir o primeiro conto, Flaubert já falava do segundo, "Um coração simples" e, pouco mais tarde, planejava o terceiro, "Herodíade". Ao contrário da prática usual entre os contistas contemporâneos, que trabalhavam peça a peça, correndo contra o relógio das revistas, Flaubert logo passa a conceber as histórias como um tríptico. Dedicou-lhes cerca de ano e meio, luxo que não se concedia a um estudante de medicina como Tchekhov ou a um jornalista beberrão como Poe. A par disso, o tom é de entusiasmo crescente; a certa altura, Flaubert declara: "tenho a impressão de que a Prosa francesa pode chegar a uma beleza de que mal se faz idéia".

Finda a redação, a acolhida entre os seus pares será das melhores. Henry James viu "um elemento de perfeição" nas três histórias; Edmond de Goncourt referiu-se a "Um coração simples" como "obra-primesco", enquanto Taine reservava os louros para o terceiro conto, sem por isso deixar de perceber no conjunto "um todo completo, sabiamente ponderado". Turguêniev encarregou-se pessoalmente de traduzir dois deles para o russo. A repercussão pública é igualmente boa: *La Liberté* destaca a primeira história como "*tour de force* capaz de enternecer os mais refinados com uma existência de certa maneira rudimentar", e *La Patrie* declara-a uma "obra-prima de vida, de emoção e ainda de elevação moral", num eco de Banville, que enxergava a mesma "exaltação da caridade, da bondade inconsciente e sobrenatural" a campear pelos três contos.

Pode-se retraçar as origens de "Um coração simples" até a juventude de Flaubert. Numa carta escrita do Oriente, ele menciona a idéia de escrever a história de uma moça flamenga, virgem e mística, recolhida na província; e algo disso aparece em *Madame Bovary*, na pessoa da velha Catherine Leroux. Por outro lado, a biografia rasa da protagonista do conto responde a outra ambição longamente acalentada por Flaubert: escrever sobre quase nada, sem o apoio de um enredo encorpado. O conto começa, justamente, por uma frase lapidar, que adianta quase todo o resto e não deixa grande espaço para reviravoltas: assistiremos, em resumo, ao meio século de servidão de Félicité, pontuado por perdas sucessivas. Mais que se desenrolar, a história se extingue. A visada realista do narrador traça de saída o ambiente estreito e as contingências materiais que regem o conto; ao mesmo tempo, por coerência de composição, cede à criada um lugar central, que não teria na vida cotidiana. Desse modo, é o seu ponto de vista "simples" que determina a seleção e o desenvolvimento dos episódios, como é sua a voz que se ouve nas belas passagens em discurso indireto livre. Daí a vividez das cenas e das personagens, sem concessões à cor local. Daí, também, a força desse retrato tão singular: o conto trata com honras de personagem principal uma figura que, o mais das vezes, seria mais uma na multidão de personagens secundárias que povoam um romance. Tudo isso, vale notar, sem cair nos lugares-comuns que se poderia associar facilmente à sua imagem virtuosa e asseada. Pois talvez o mais belo de "Um coração simples" seja a aliança tácita entre a criada calada e o narrador reticente, que coloca a serviço dela os recursos mais refinados da arte de narrar.

Por sua vez, "A legenda de São Julião Hospitaleiro" remonta à meninice do autor, que podia ver a história do santo parricida representada num dos mais belos vitrais da catedral de Rouen. Pouco depois de publicar *Madame Bovary*, Flaubert chegou a tomar notas e a esboçar um plano para um conto sobre o tema, que entretanto teve de esperar quase vinte anos para voltar à escrivaninha. A legenda flaubertiana apresenta-se desde o título como tal, isto é, como hagiografia, relato do caminho pelo qual um homem se torna um santo. Canonicamente, isto se dá pela prática das virtudes teologais – fé, esperança, caridade – e pela operação de milagres. É isso o que interessa à legenda tradicional, narrada, por assim dizer, do ponto de vista de Deus: as circunstâncias de ordem histórica e psicológica são desimportantes. No caso de Julião, esse *Oedipus christianus* (como era conhecido na Idade Média), trata-se de mostrar como um homem supera a fatalidade pela prática da virtude: depois de matar os pais, sobe aos céus por suas obras de contrição e caridade, praticadas na companhia da esposa devota. Ora, o leitor logo notará como o Julião flaubertiano é mais complexo e mais tortuoso que seu modelo ortodoxo ou seus sucessores freudianos: nele, o que parecia acidente logo se torna compulsão, e a fatalidade se aloja no próprio caráter. Julião não quer matar isto ou aquilo, quer exterminar toda a criação. Assemelha-se às figuras satânicas de Baudelaire: orgulhoso, abandona a esposa para sair sozinho pelo mundo, e sua vida de barqueiro tem gosto de suicídio. Quando por fim intervém, a graça divina parece mais um enigma que uma revelação, e é como enigma que o conto inteiro se constrói. Um pequeno exemplo: no último parágrafo, lemos que esta é história do santo, "mais ou menos como se encontra num vitral de igreja da minha terra"; ora, é justamente um *vitral* que, no momento decisivo, propicia o engano fatídico de Julião...

"Herodíade", por sua vez, guarda fortes semelhanças com *Salammbô*: o tema é outro, mas as personagens "são da mesma raça e o ambiente é mais ou menos o mesmo", como escreveu o autor. Mas, em 1876, o romance cartaginês de 1862 é menos um modelo do que um alerta; Flaubert teme recair nos mesmos efeitos e faz de tudo para que o conto não desmorone sob o peso da arqueologia. O resultado, de fato, é em tudo diverso: "Herodíade" parece escrito sob o signo do presente. Presente *cênico*, quase aristotélico: respeita-se aqui a unidade de tempo, de lugar e de ação, a qual começa na iminência da catástrofe; são ainda as falas das personagens que respondem pelo caminhar da ação; e o narrador não hesita em alterar as datas de acontecimentos históricos, de modo que coincidam com o drama na cidadela de Maqueros. Mas também presente *histórico*: pois o leitor da *Educação sentimental* não deixará de notar, no festim de Herodes, ecos muito precisos das reuniões republicanas do "Clube da Inteligência" ou dos festejos reacionários do banqueiro Dambreuse; e os "vagalhões petrificados", as "exalações das cidades malditas" que Herodes entrevê na desolação do deserto prefiguram as visões de Frédéric e Rosanette na floresta de Fontainebleau, quando da repressão à revolta de junho de 1848. O episódio bíblico é reescrito de uma perpectiva desolada, como luta pelo poder. Na cena final, que parece apontar para a revelação de Cristo, o que mais se faz notar é o peso da cabeça decepada. Aqui, a experiência contemporânea dita a reconstrução do passado, que por sua vez parece antecipar o presente, conferindo-lhe ressonâncias míticas e criando um vertiginoso curto-circuito temporal.

Flaubert morreria em 1880, três anos depois de publicar os contos, mas sem completar *Bouvard e Pécuchet*, sua enciclopédia da estupidez humana. Com isso, os *Três contos* tornaram-se a última obra concluída pelo autor, uma espécie de testamento literário. São histórias exemplares, não tanto pelo tom cândido e piedoso que os jornais da época quiseram ver, mas por recolherem todos os temas e preocupações do autor em sua prosa mais madura.

Um coração simples

I

Durante meio século, as burguesas de Pont-l'Évêque invejaram à sra. Aubain sua criada Félicité.

Por cem francos ao ano, ela cuidava da casa e da cozinha, costurava, lavava, passava, sabia arrear um cavalo, engordar as aves de criação, fazer manteiga – e continuou fiel à patroa, que entretanto não era uma pessoa amável.

Esta havia casado com um belo rapaz sem dinheiro, morto no início de 1809, deixando-lhe dois filhos pequenos e muitas dívidas. Então ela vendeu seus imóveis, salvo a granja de Toucques e a granja de Gefosses, cujas rendas chegavam no máximo a cinco mil francos ao ano, e deixou a casa de Saint-Melanie para viver em outra, menos dispendiosa, que pertencera a seus antepassados e ficava atrás do mercado.

A casa, revestida de ardósias, situava-se entre uma travessa e uma ruela que ia dar no rio. No interior, os desníveis do chão faziam tropeçar. Um vestíbulo estreito separava a cozinha do *salão* onde a sra. Aubain passava o dia inteiro, sentada à janela numa poltrona de palhinha. Rente ao lambri, pintado de branco, alinhavam-se oito cadeiras de mogno. Um velho piano sustentava, logo abaixo de um barômetro, uma pilha piramidal de caixas e cartões. Duas poltronas estofadas ladeavam a lareira em mármore amarelo e estilo Luís XV. O relógio de pêndulo, ao centro, representava um templo de Vesta – e todo o cômodo cheirava um pouco a mofo, pois o piso era mais baixo que o jardim.

No primeiro andar, vinha logo o quarto da "Senhora", muito espaçoso, revestido com papel em flores pálidas e abrigando um retrato do "Senhor" em traje de almofadinha. Esse quarto dava para um outro, menor, onde se viam duas caminhas de criança, sem colchões. Depois havia um salão, sempre fechado e repleto de móveis cobertos com lençóis. Em seguida, um corredor conduzia a um gabinete de estudos; livros e papéis ocupavam as prateleiras de uma biblioteca que cercava por três lados uma grande escrivaninha em madeira escura. Os dois painéis em relevo desapareciam sob desenhos em bico de pena, paisagens em guache e gravuras de Audran, lembranças de um tempo melhor e de um luxo esvaído. Uma lucarna no segundo andar iluminava o quarto de Félicité, com vista para as campinas.

Ela se levantava ao nascer do sol, para não perder a missa, e trabalhava até a noite sem interrupção; depois, terminado o jantar, a louça em ordem e a porta bem fechada, cobria a lenha com as cinzas e adormecia diante do fogo, o rosário nas mãos. Na hora da barganha, ninguém era mais obstinado. Quanto à limpeza, o brilho de suas panelas era o desespero das outras criadas. Econômica, ela comia com lentidão e, com o dedo, recolhia da mesa as migalhas de seu pão – um pão de doze libras, assado especialmente para ela e que durava vinte dias.

Em qualquer estação, trazia às costas um lenço de chita preso por um alfinete, uma touca escondendo-lhe os cabelos, meias cinzentas, uma saia vermelha e, por cima da camisa, um avental de babador, como as enfermeiras de hospital.

O rosto era magro e a voz, aguda. Aos vinte e cinco anos, davam-lhe quarenta. A partir dos cinqüenta, não aparentou mais idade nenhuma; e sempre silenciosa, o porte rijo e os gestos comedidos, parecia uma mulher de madeira, funcionando de maneira automática.

II

Ela tivera, como qualquer outra, sua história de amor.

O pai, pedreiro, morrera ao cair de um andaime. Depois a mãe morreu, as irmãs se dispersaram, o dono de uma granja recolheu-a e a mandou, pequenina ainda, cuidar das vacas no pasto. Ela tiritava em seus farrapos, bebia de bruços a água dos brejos, era surrada sem razão e finalmente foi expulsa por conta do furto de trinta centavos, que ela não cometera. Entrou para outra granja, onde tratava do galinheiro e, como agradava aos patrões, era invejada pelos camaradas.

Uma noite do mês de agosto (tinha então dezoito anos), levaram-na à festa de Colleville. Logo de início ficou tonta, estupefata com o estrépito das rabecas, as luminárias nas árvores, o colorido das roupas, as rendas, as cruzes douradas, aquela massa de gente saltitando ao mesmo tempo. Estava à parte, modestamente, quando um rapaz de aparência abastada e que fumava seu cachimbo com os dois cotovelos sobre o varal de uma carroça veio convidá-la para dançar. Pagou-lhe sidra, café, biscoitos, uma echarpe e, imaginando que ela o compreendia, ofereceu-se para levá-la até em casa. À beira de um campo de aveia, derrubou-a brutalmente. Ela se assustou e começou a gritar. Ele foi embora.

Outra noite, no caminho de Beaumont, ela quis ultrapassar uma grande carroça de feno que avançava lentamente quando, caminhando junto às rodas, reconheceu Théodore.

Ele se aproximou com ar tranqüilo, dizendo que merecia perdão, pois tudo fora "culpa da bebida".

Ela não soube o que responder e tinha vontade de fugir.

Sem demora, ele passou a falar das colheitas e dos notáveis do lugar, pois seu pai abandonara Coleville para viver na granja de Écots, de modo que agora eram vizinhos. "Ah!", disse ela. Ele acrescentou que agora queriam arrumar sua vida. Mas não tinha pressa e esperava uma mulher a seu gosto. Ela baixou a cabeça. Então ele perguntou se pensava em casamento. Ela retrucou, sorrindo, que era feio caçoar assim. "Mas não, juro!", e com o braço esquerdo enlaçou sua cintura; ela andava apoiada nele; diminuíram o passo. O ar estava parado, as estrelas brilhavam, a enorme carroça de feno oscilava diante deles; e os quatro cavalos, arrastando as patas, levantavam poeira. Depois, sem precisar de ordens, dobraram à direita. Ele a abraçou mais uma vez. Ela desapareceu no escuro.

Théodore, na semana seguinte, conseguiu alguns encontros.

Viam-se no fundo dos pátios, atrás de um muro, sob uma árvore isolada. Ela não era inocente à maneira das senhoritas – os animais haviam-na instruído; mas a razão e o instinto de honra impediram-na de fraquejar. Essa resistência exasperou Théodore a tal ponto que, para satisfazer seu amor (ou talvez ingenuamente), propôs casamento. Ela hesitava em acreditar. Ele fez grandes juras.

Pouco depois, confessou uma coisa embaraçosa: seus pais, um ano antes, haviam comprado um sujeito; mas de um dia para outro podia ser reconvocado; a idéia de prestar o serviço militar o apavorava.* Essa covardia foi para Félicité uma prova de ternura; a sua redobrou. Escapava à noite e, durante o encontro, Théodore torturava-a com inquietações e insistências.

Por fim, anunciou que iria ele mesmo à prefeitura para pedir informações e voltaria no domingo seguinte, entre as onze horas e a meia-noite.

Chegado o momento, ela correu para o amado.

No lugar dele, encontrou um de seus amigos.

Este lhe contou que não poderia mais vê-lo. Para se garantir do alistamento, Théodore havia casado com uma velha muito rica, a sra. Lehoussais, de Toucques.

Foi uma dor desenfreada. Ela se atirou no chão, gritou, chamou pelo bom Deus e gemeu sozinha no campo até o raiar do sol. Depois, retornou à granja, anunciou a intenção de partir; e, ao fim do mês, tendo recebido as contas, embrulhou num lenço toda a sua pouca bagagem e rumou para Pont-l'Évêque.

Diante do albergue, dirigiu-se a uma burguesa com capelina de viúva e que justamente procurava uma cozinheira. A moça não sabia grande coisa, mas parecia ter tanta boa vontade e tão poucas exigências que a sra. Aubain acabou por dizer:

– Está bem, o emprego é seu!

Félicité, um quarto de hora mais tarde, estava instalada em sua casa.

* Até o começo do século XX, fazia-se o alistamento militar por sorteio, mas os conscritos podiam "comprar um homem", isto é, pagar por um substituto; na *Educação sentimental*, o pai de Deslauriers é justamente um "negociante de homens" em Troyes. [N.T.]

De início, viveu numa espécie de tremor que lhe causavam "a classe da casa" e a lembrança do "Senhor", pairando em toda parte! Paul e Virginie, um de sete anos, a outra com menos de quatro, pareciam-lhe formados de uma matéria preciosa; carregava-os nas costas como um cavalo, e a sra. Aubain proibiu-a de beijá-los o tempo todo, o que a mortificou. No entanto, sentia-se feliz. A doçura do ambiente havia dissipado sua tristeza.

Todas as quinta-feiras, os íntimos da casa vinham jogar uma partida de *boston*. Félicité deixava prontas as cartas e os aquecedores. Chegavam às oito em ponto e se retiravam antes de soarem as onze.

Toda segunda-feira pela manhã, o dono do ferro-velho que morava mais abaixo na alameda espalhava suas tralhas pelo chão. Depois a cidade se enchia de um zumbido em que os relinchos de cavalos, balidos de cordeiros e grunhidos de porcos se misturavam ao ruído seco das carroças pela rua. Por volta do meio-dia, no auge da feira, aparecia na soleira da porta um velho camponês de boa estatura, o boné para trás, o nariz adunco: era Robelin, o granjeiro de Geffosses. Pouco depois era a vez de Liébard, baixo, avermelhado, obeso, usando um casaco cinzento e polainas com esporas.

Ofereciam à proprietária galinhas e queijos. Félicité invariavelmente desarmava suas artimanhas; e os dois iam embora cheios de consideração por ela.

Vez por outra, a sra. Aubain recebia a visita do marquês de Gremanville, um de seus tios, arruinado pela bebedeira e que vivia em Falaise, no último torrão de suas terras. Aparecia sempre à hora do almoço, com um cachorrinho abominável, cujas patas sujavam todos os móveis. Apesar dos esforços para se mostrar fidalgo, a ponto de levantar o chapéu sempre que dizia "meu defunto pai", era arrastado pelo hábito, bebia um trago atrás do outro e soltava gracejos. Félicité empurrava-o delicadamente para fora: "Basta por hoje, senhor de Gremanville! Até a próxima!". E fechava a porta.

Ela a abria com prazer para o sr. Bourais, antigo procurador. A gravata branca e a calvície, o peitilho da camisa, a ampla sobrecasaca escura, o jeito de cheirar rapé arqueando o braço, toda a sua pessoa causava nela a perturbação que o espetáculo dos homens extraordinários provoca.

Como geria as propriedades da "Senhora", fechava-se com ela durante horas no gabinete do "Senhor", e temia sempre se comprometer, respeitava infinitamente a magistratura, tinha pretensões de latinista.

Para instruir as crianças de maneira agradável, deu-lhes de presente um atlas com gravuras. Representavam diferentes cenas do mundo, antropófagos com plumas na cabeça, um macaco raptando uma moça, beduínos no deserto, uma baleia arpoada etc.

Paul explicou as gravuras a Félicité. Foi essa toda a sua educação literária.

A das crianças cabia a Guyot, um pobre-diabo empregado na prefeitura, famoso pela boa caligrafia e que afiava o canivete na bota.

Quando o céu estava limpo, saíam cedo para a granja de Geffosses.

O pátio é inclinado, a casa fica no meio; e o mar, ao longe, parece uma mancha cinzenta.

Félicité tirava fatias de carne fria dos cestos, e almoçavam num cômodo vizinho à leiteria. Era só o que restava de uma casa de veraneio, agora desaparecida. O papel das paredes, em tiras, tremia com as correntes de ar. A sra. Aubain inclinava a cabeça, acabrunhada pelas lembranças; as crianças não se atreviam mais a falar. "Vão brincar!", dizia; elas saíam correndo.

Paul subia no celeiro, apanhava pássaros, atirava pedras na superfície do charco ou batucava com um pedaço de pau nos grandes tonéis, que ressoavam como tambores.

Virginie alimentava os coelhos, corria para colher centáureas, e a rapidez de suas pernas deixava à mostra as calçolas bordadas.

Num anoitecer de outono, voltaram pelo pasto.

A lua em quarto crescente iluminava uma parte do céu, e um nevoeiro flutuava como uma echarpe sobre as sinuosidades do Toucques. Os bois estendidos pela relva olhavam tranqüilamente as quatro pessoas que passavam. No terceiro curral, alguns se levantaram e se postaram em semicírculo diante deles. "Não tenham medo!", disse Félicité; e, murmurando uma espécie de lamento, afagou o lombo do que estava mais perto; o animal deu meia-volta, os outros o imitaram. Mas depois de atravessar o pasto seguinte, ouviram um mugido formidável. Era um touro que o nevoeiro escondia. Avançou em direção às duas mulheres. A sra. Aubain ia correr. "Não, não! Mais devagar!" Mesmo assim, apressavam o passo e ouviam às costas um resfolegar sonoro que se aproximava. Os cascos, como martelos, pateavam a relva do campo; agora ele vinha galopando! Félicité se virou para o animal e com as mãos arrancava punhados de terra, que lhe jogava nos olhos. Ele baixava o focinho, sacudia os chifres e tremia de fúria, mugindo horrivelmente. A sra. Aubain, na beira do pasto com as duas crianças, buscava desesperada um meio de saltar o valado alto. Félicité continuava a recuar, encarando o touro, e não parava de jogar tufos de grama que o cegavam, enquanto gritava: "Depressa! Depressa!".

A sra. Aubain desceu a vala, empurrou Virginie, em seguida Paul, caiu várias vezes ao tentar subir o talude e, cheia de coragem, por fim conseguiu.

O touro havia encurralado Félicité numa porteir; sua baba salpicava o rosto dela, um segundo mais e a estriparia. Ela só teve tempo de escapulir entre duas estacas, e o imenso animal, surpreso, parou.

Esse acontecimento foi, durante muitos anos, assunto de conversa em Pont-l'Êveque. Félicité não se orgulhou disso, mal desconfiando que tivesse feito algo de heróico.

Virginie ocupava-a exclusivamente – pois, com o susto, ela contraiu um distúrbio nervoso, e o médico, o sr. Poupart, aconselhou os banhos de mar em Trouville.

Naquele tempo, não eram freqüentados. A sra. Aubain se informou, consultou Bourais, fez preparativos para uma longa viagem.

As malas seguiram antes, na charrete de Liébard. No dia seguinte, ele trouxe dois cavalos, um deles com uma sela para mulher, com encosto de veludo; e, na garupa do segundo, uma manta enrolada formava uma espécie de assento. A sra. Aubain montou esse, atrás de Liébard. Félicité tomou conta de Virginie, e Paul escarranchou-se no burro do sr. Lechaptois, emprestado sob condição de cuidarem muito bem dele.

A estrada era tão ruim que seus oito quilômetros exigiram duas horas. Os cavalos se afundavam na lama até as ranilhas e, para sair, faziam bruscos movimentos com as ancas; ou então resvalavam nos sulcos das rodas; outras vezes, tinham de saltar. A égua de Liébard, em certos lugares, empacava de repente. Ele esperava com paciência que tornasse a andar; e falava das pessoas cujas propriedades margeavam a estrada, acrescentando reflexões morais às histórias. Assim, no meio de Toucques, quando passavam diante de umas janelas rodeadas de capuchinhas, ele disse, dando de ombros:

– Olhe ali a sra. Lehoussais, que em vez de se casar com um rapaz... – Félicité não escutou o resto; os cavalos trotavam, o burro galopava; enfiaram por um atalho, uma cancela se abriu, dois meninos apareceram, e todos apearam diante de um monte de esterco, bem na soleira da porta.

A mãe Liébard, vendo a patroa, prodigalizou as demonstrações de alegria. Serviu-lhe um almoço em que havia lombo, tripas, morcela, fricassê de frango, sidra espumante, torta de compota e ameixas em aguardente, tudo acompanhado de amabilidades à senhora, que aparentava ótima saúde, à senhorita, agora "magnífica", ao sr. Paul, singularmente "encorpado", sem esquecer os finados avós que os Liébard tinham conhecido, pois serviam à família havia muitas gerações. A granja tinha, como eles, um ar de antiguidade. As vigas do teto estavam carcomidas, as paredes, enegrecidas pela fumaça, as vidraças, cinzentas de poeira. Um aparador de carvalho guardava todo tipo de utensílio: bilhas, pratos, escudelas de estanho, armadilhas para lobo, tosquiadores para os carneiros; uma enorme seringa fez as crianças rirem. Não havia uma só árvore nos três pátios que não tivesse cogumelos na base ou um tufo de visco nos galhos. O vento havia derrubado muitas. Brotavam de novo; e todas vergavam sob o peso das maçãs. Os tetos de palha, como um veludo pardo de espessura desigual, resistiam às mais fortes borrascas. No entanto, a cocheira estava em ruínas. A sra. Aubain disse que pensaria no caso e mandou encilhar os animais.

Ainda demorou meia hora para chegarem a Trouville. A pequena caravana teve de seguir a pé para passar os *Écores*: era uma falésia que se despenhava até os barcos; e três minutos depois, no fim do cais, entraram no pátio do *Cordeiro de Ouro*, o albergue da velha David.

Virginie, desde os primeiros dias, sentiu-se menos fraca, resultado da mudança de ares e da ação dos banhos. Ela os tomava de camisa, à falta de um traje; e sua babá a vestia de novo numa cabina da alfândega que servia aos banhistas.

À tarde, iam com o burro mais além de Roches-Noires, para os lados de Hennequeville. A trilha, de início, subia entre terrenos irregulares como o gramado de um parque, depois alcançava um platô em que se alternavam pastagens e campos cultivados. À beira do caminho, no emaranhado das silvas, cresciam azevinhos; aqui e ali, uma grande árvore morta fazia ziguezagues no céu azul com seus galhos.

Quase sempre repousavam num prado, tendo Deauville à esquerda, Le Havre à direita e em frente o mar aberto. Ele brilhava ao sol, liso como um espelho, tão calmo que mal se ouvia o seu murmúrio; os pardais escondidos piavam, e o arco imenso do céu recobria tudo. A sra. Aubain, sentada, trabalhava em sua costura; Virginie, ao lado, trançava juncos; Félicité colhia flores de lavanda; Paul, que se aborrecia, queria partir.

Outras vezes, tendo cruzado o Toucques de barco, iam catar conchas. A maré baixa deixava a descoberto ouriços-do-mar, peixinhos dourados, medusas; e as crianças corriam para agarrar os flocos de espuma que o vento levava. As ondas sonolentas, quebrando na areia, espalhavam-se pelo cascalho; este se estendia a perder de vista, mas do lado da terra tinha por limite as dunas que o separavam do *Marais*, grande campina em forma de hipódromo. Quando voltavam por ali, Trouville, mais ao fundo na encosta da colina, crescia a cada passo e, com todas as suas casas desiguais, parecia expandir-se numa desordem alegre.

Nos dias em que fazia muito calor, não saíam do quarto. A claridade ofuscante lá de fora projetava barras de luz entre as ripas das venezianas. Nenhum ruído na cidadezinha. Embaixo, na calçada, ninguém. Esse silêncio difuso aumentava a tranqüilidade das coisas. Ao longe, os martelos dos calafates vedavam as quilhas, e uma brisa pesada trazia o cheiro do piche.

A principal diversão era a volta dos barcos. Tão logo ultrapassavam as balizas, começavam a bordejar. As velas desciam a dois terços dos mastros; e, com a mezena inflada feito um balão, avançavam, deslizavam sobre a arrebentação até o meio do porto, onde a âncora era logo lançada. Em seguida, o barco se postava rente ao cais. Os marinheiros jogavam os peixes palpitantes por cima da amurada; uma fila de charretes os aguardava, e as mulheres de touca de algodão adiantavam-se para carregar os cestos e abraçar os maridos.

Uma delas, certo dia, abordou Félicité, que pouco depois entrou no quarto, toda feliz. Havia reencontrado uma irmã; e Nastasie Barette, Leroux por casamento, apareceu trazendo uma criança de peito, um filho à direita e, à esquerda, um garoto de mãos na cintura e boina caída sobre a orelha.

Quinze minutos mais tarde, a sra. Aubain a dispensou.

Encontravam-nos sempre por perto da cozinha ou dos passeios que faziam. O marido não aparecia nunca.

Félicité criou afeição por eles. Comprou-lhes um cobertor, camisas, um fogão; evidentemente a exploravam. Essa fraqueza irritava a sra. Aubain, que de resto não gostava das familiaridades do sobrinho – pois ele tuteava seu filho; e como Virginie tossia e a estação já não era tão boa, retornou a Pont-l'Évêque.

O sr. Bourais esclareceu-a sobre a escolha de um colégio. O de Caen era considerado o melhor. Paul foi mandado para lá;

e fez as despedidas bravamente, satisfeito por ir morar numa casa em que teria companheiros.

A sra. Aubain resignou-se à partida do filho, uma vez que era indispensável. Virginie pensava nele cada vez menos. Félicité tinha saudade do alvoroço. Mas uma ocupação veio distraí-la; a partir do Natal, levou a menina todos os dias ao catecismo.

III

Depois de se ajoelhar à porta, Félicité avançava pela nave central entre as duas filas de cadeiras, abria o banco da sra. Aubain, sentava e passeava os olhos ao redor.

Os meninos à direita, as meninas à esquerda enchiam os estrados; o padre ficava de pé, junto à estante do coro; num vitral da abside, o Espírito Santo dominava a Virgem; num outro, aparecia de joelhos diante do Menino Jesus, e, atrás do tabernáculo, uma imagem talhada em madeira representava São Miguel matando o dragão.

O padre começou por um resumo da História Sagrada. Ela acreditava ver o paraíso, o dilúvio, a torre de Babel, cidades em chamas, povos que morriam, ídolos derrubados; e guardou dessa visão deslumbrante o respeito pelo Altíssimo e o temor de sua cólera. Depois chorou, ouvindo o relato da Paixão. Por que o tinham crucificado, se ele amava as crianças, alimentava as multidões, curava os cegos e quisera, por humildade, nascer no meio dos pobres, sobre o esterco de um estábulo? As sementeiras, as colheitas, os lagares, todas essas coisas familiares de que fala o Evangelho estavam presentes em sua vida; a passagem de Deus tinha-as santificado; e ela amou com mais ternura os cordeiros por amor ao Cordeiro, e as pombas por causa do Espírito Santo.

Achava difícil imaginar sua figura; pois ele não era somente um pássaro, mas também um fogo e, outras vezes, um sopro. É talvez a sua luz que volteia à noite às margens dos pântanos, seu alento que impele as nuvens, sua voz que torna os sinos harmoniosos; e ela permanecia numa adoração, desfrutando da frescura das paredes e da tranqüilidade da igreja.

Quanto aos dogmas, não compreendia nada, nem mesmo tratou de compreender. O padre discorria, as crianças recitavam, ela acabava adormecendo; e acordava de repente, quando elas, ao sair, batiam com os tamancos nas lajes.

Foi dessa maneira, de tanto ouvir, que aprendeu o catecismo, já que sua educação religiosa fora descuidada na juventude; e desde então imitou todas as práticas de Virginie, jejuando como ela, confessando-se com ela. No dia de Corpus Christi, fizeram juntas um pequeno altar para a procissão.

A primeira comunhão de Virginie atormentava-a de antemão. Agitava-se por causa dos sapatos, do rosário, do missal, das luvas. Com que tremor ela ajudou a mãe a vesti-la!

Durante toda a missa, sentiu uma angústia. O sr. Bourais tapava um lado do coro; mas, bem na frente, o rebanho de virgens, levando coroas brancas por cima dos véus, formava como um campo de neve; e ela reconhecia de longe a menina querida, revelada pelo pescoço gracioso e pela atitude retraída. O sino tocou. As cabeças se curvaram; houve um silêncio. Aos acordes do órgão, os cantores e a multidão entoaram o Agnus Dei, e em seguida o desfile dos meninos começou; depois deles, as meninas se levantaram. Passo a passo, as mãos juntas, avançavam para o altar todo iluminado, ajoelhavam-se no primeiro degrau, recebiam sucessivamente a hóstia e na mesma ordem voltavam aos genuflexórios. Quando chegou a vez de Virginie, Félicité se inclinou para vê-la; e, com a imaginação que inspiram as verdadeiras ternuras, pareceu-lhe que ela mesma era a menina; ganhava as feições dela, trajava seu vestido, o coração de Virginie batia em seu peito; no momento de abrir a boca, cerrando as pálpebras, Félicité por pouco não desmaiou.

No dia seguinte, bem cedo, apresentou-se na sacristia, para que o senhor padre lhe desse a comunhão. Recebeu-a devotamente, mas não experimentou as mesmas delícias.

A sra. Aubain queria fazer da filha uma pessoa sofisticada; e, como Guyot não podia ensinar-lhe nem inglês nem música, resolveu interná-la nas Ursulinas de Honfleur.

A menina não se opôs. Félicité suspirava, julgando a Senhora insensível. Depois pensou que a patroa talvez tivesse razão. Essas coisas iam além de sua competência.

Enfim, um dia, uma velha carroça coberta parou à porta, e dela desceu uma religiosa que vinha buscar a Senhorita. Félicité colocou a bagagem na parte de cima, fez recomendações ao cocheiro e pôs no baú seis potes de compota e uma dúzia de pêras, com um buquê de violetas.

Virginie, no último instante, desatou a soluçar; abraçava a mãe, que a beijava na testa, repetindo:

– Vamos! Coragem! Coragem! – o estribo subiu, a carroça partiu.

Então a sra. Aubain desfaleceu; e à noite, todos os seus amigos, o casal Lormeau, a sra. Lechaptois, *aquelas* senhoritas Rochefeuille, o senhor de Houpeville e Bourais se apresentaram para consolá-la.

No começo, a falta da filha foi muito dolorosa. Mas três vezes por semana recebia uma carta, nos outros dias lhe escrevia, passeava pelo jardim, lia um pouco e assim preenchia o vazio das horas.

De manhã, por hábito, Félicité entrava no quarto de Virginie e olhava as paredes. Entediava-se por não ter mais que pentear seu cabelo, amarrar suas botas, ajeitá-la na cama – e não ver mais continuamente sua figura gentil, não mais levá-la pela mão quando saíam juntas. No seu ócio, tentou fazer renda. Seus dedos, pesados demais, quebravam os fios; não se acertava com nada, perdera o sono; como ela mesma dizia, estava "arruinada".

Para "se distrair", pediu permissão para receber seu sobrinho Victor.

Ele chegava aos domingos, depois da missa, as faces coradas, o peito nu e exalando o cheiro do campo que havia atravessado. Sem demora, ela punha a mesa. Almoçavam um de frente para o outro; e, comendo o menos possível, para diminuir a despesa, ela o enchia de tanta comida que ele acabava adormecendo. Ao primeiro toque das vésperas, acordava-o, escovava sua calça, dava o nó na gravata e se dirigia à igreja apoiada em seu braço, com orgulho maternal.

Os pais sempre o encarregavam de arrancar alguma coisa, fosse um pacote de açúcar mascavo, sabão, aguardente, às vezes até dinheiro. Trazia roupas para remendar; e ela aceitava o encargo, feliz por uma circunstância que o forçasse a retornar.

No mês de agosto, o pai o levou para a navegação de cabotagem.

Era época de férias. A chegada das crianças serviu de consolo para ela. Mas Paul mostrava-se caprichoso, e Virginie não tinha mais idade para ser tuteada, o que introduzia um embaraço, uma barreira entre as duas.

Victor foi sucessivamente a Morlaix, a Dunquerque e a

Brighton; na volta de cada viagem, trazia um presente para Félicité. Na primeira vez, foi uma caixa revestida de conchas; na segunda, uma xícara de café; na terceira, um boneco em pão de ervas. Ia ficando mais bonito, tinha bom porte, um pouco de bigode, olhos bondosos e francos e um chapeuzinho de couro puxado para trás, à maneira dos pilotos. Ele a divertia, contando histórias entremeadas de termos navais.

Numa segunda-feira, 14 de julho de 1819 (ela não esqueceu a data), Victor anunciou que entrara para o longo curso e que, dali a duas noites, pelo paquete de Honfleur, embarcaria numa goleta que devia zarpar de Le Havre proximamente. Ficaria talvez dois anos fora de casa.

A perspectiva de uma tal ausência desolou Félicité; e para lhe dar ainda um adeus, na noite de quarta-feira, após o jantar da Senhora, calçou as galochas e cobriu as quatro milhas que separam Pont-l'Évêque de Honfleur.

Quando chegou ao Calvário, ao invés de virar à esquerda, virou à direita, perdeu-se pelos estaleiros e retornou sobre seus passos; as pessoas que encontrava diziam que se apressasse. Percorreu todo o cais cheio de navios, topava nas amarras; depois o terreno ficou plano, as luzes se cruzavam e ela pensou que estava louca ao ver cavalos pelo céu.

Na beira do cais, outros animais relinchavam, assustados com o mar. Um guindaste os levantava e depositava num barco, em que os viajantes se empurravam entre barricas de sidra, cestos de queijo, sacos de grãos; ouviam-se galinhas cacarejando, o capitão praguejava; e um grumete se debruçava sobre a serviola, indiferente a tudo aquilo. Félicité, que não o reconhecera, gritava: "Victor!"; ele levantou a cabeça; ela se precipitava quando, de repente, retiraram a escada.

O paquete, puxado por mulheres que cantavam, deixou o porto. O madeirame estalava, as ondas pesadas açoitavam a proa. A vela se inflara, não se viu mais ninguém – e, sobre o mar prateado pela lua, ele formava uma mancha negra que empalidecia, se embrenhou, sumiu.

Félicité, passando perto do Calvário, quis recomendar a Deus aquilo que lhe era mais caro; e rezou por muito tempo, de pé, o rosto banhado pelas lágrimas, os olhos voltados para as nuvens. A cidade dormia, os fiscais da alfândega faziam a ronda; e a água escorria sem parar pelos buracos da eclusa, com um barulho de riacho. Soaram as duas horas.

O parlatório não se abriria antes do raiar do dia. Um atraso certamente deixaria a Senhora contrariada; e, apesar do desejo de abraçar a outra criança, voltou para casa. As moças do albergue começavam a despertar quando ela entrou em Pont-l'Évêque.

Então o pobre menino viajaria por meses sobre as ondas! As viagens anteriores não a haviam assustado. Da Inglaterra e da Bretanha todo mundo voltava; mas a América, as Colônias, as Ilhas, tudo isso se perdia numa região incerta, no outro lado do mundo.

Dali em diante, Félicité pensou exclusivamente no sobrinho. Nos dias de sol, padecia de sede; quando havia tempestade, temia os relâmpagos por ele. Escutando o vento que resmungava na chaminé e levava as telhas, ela o via golpeado pela mesma tempestade, no alto de um mastro estraçalhado, todo o corpo vergado sob um lençol de espuma; ou então – lembrança das gravuras do atlas – ele era comido por selvagens, aprisionado na floresta por macacos, deixado à morte numa praia deserta. E jamais falava de suas inquietações.

A senhora Aubain tinha as suas quanto à filha.

As boas freiras achavam-na afetuosa, mas delicada. Enervava-se à menor emoção. Teve que abandonar o piano.

A mãe exigia do convento uma correspondência regular. Certa manhã em que o carteiro não passou, ela se impacientou; e andava pelo salão, da poltrona à janela. Era verdadeiramente extraordinário! Quatro dias sem notícias!

Para que se consolasse com seu exemplo, Félicité disse:

– E eu, senhora, que não recebo nada há seis meses!

– Mas de quem?

A criada respondeu suavemente:

– Ora... do meu sobrinho!

– Ah, seu sobrinho! – e, dando de ombros, a senhora Aubain retomou o vaivém, como quem diz: "Nem me lembrei disso... De qualquer modo, pouco importa! Um grumete, um qualquer, grande coisa! Mas minha filha... Vejam só!".

Félicité, apesar de crescida na rudeza, indignou-se com a Senhora, depois esqueceu.

Parecia-lhe fácil perder a cabeça por conta da pequena.

As duas crianças tinham importância igual; um elo de seu coração as unia, e seus destinos deviam ser os mesmos.

O farmacêutico contou-lhe que o navio de Victor chegara a Havana. Lera essa notícia numa gazeta.

Por causa dos charutos, ela imaginava Havana como um lugar onde não se faz outra coisa além de fumar, e Victor circulava entre os negros numa nuvem de fumaça. Era possível, "em caso de necessidade", voltar de lá por terra? A que distância ficava de Pont-l'Évêque? Para saber essas coisas, ela interrogou o sr. Bourais.

Ele foi pegar o atlas, começou a explicar as longitudes; e tinha um belo sorriso pedante com o estupor de Félicité. Por fim, com a lapiseira, indicou nas bordas de uma mancha oval um ponto negro, imperceptível, acrescentando: "Aqui!". Ela se inclinou sobre o mapa; aquela rede de linhas coloridas cansava sua vista, sem lhe dizer nada; e como Bourais a convidasse a dizer o que a afligia, pediu que lhe mostrasse a casa onde estava Victor. Bourais ergueu os braços, espirrou, riu enormemente; tamanha candura excitava sua alegria; e Félicité não compreendia o motivo – ela, que talvez esperasse ver até o retrato do sobrinho, tão limitada era sua inteligência!

Foi quinze dias mais tarde que Liébard, na hora do mercado, como de hábito, entrou na cozinha e lhe entregou uma carta enviada pelo cunhado. Nenhum dos dois sabendo ler, ela recorreu à patroa.

A sra. Aubain, que contava os nós de um tricô, colocou-o de lado, abriu a carta, estremeceu e, numa voz baixa, com um olhar profundo:

– É uma desgraça... que lhe anunciam. O seu sobrinho...

Estava morto. Não contavam mais nada.

Félicité caiu numa cadeira, apoiando a cabeça no lambri, e fechou as pálpebras, que ficaram imediatamente rosadas. Em seguida, cabisbaixa, as mãos frouxas, o olhar fixo, repetia a intervalos:

– Pobre menino! Pobre menino!

Liébard a observava, suspirando. A sra. Aubain tremia de leve.

Ela lhe propôs que visitasse a irmã, em Trouville.

Félicité respondeu, com um gesto, que não era preciso.

Houve um silêncio. O bom Liébard julgou conveniente se retirar.

Então ela disse:

– Aqueles lá não querem nem saber!

Sua cabeça recaiu; e, maquinalmente, ela levantava, de tanto em tanto, as longas agulhas sobre a mesinha de trabalho.

Algumas mulheres atravessaram o pátio com uma padiola de roupa que respingava.

Percebendo-as através das vidraças, Félicité se lembrou da sua roupa suja; deixara-a na barrela de véspera, hoje tinha que enxaguar; e saiu do aposento.

A tábua e a tina estavam à margem do Toucques. Largou uma pilha de camisas à beira do rio, enrolou as mangas, empunhou o batedouro; e os golpes fortes que dava eram ouvidos nos jardins ao lado. Os prados estavam desertos, o vento agitava o rio; ao fundo, o mato crescido se inclinava, como cabeleiras de cadáveres flutuando na água. Félicité continha a dor, foi valente até a noite; mas, no quarto, ela se entregou, de bruços sobre o colchão, o rosto no travesseiro e os dois punhos contra as têmporas.

Muito depois, pelo próprio capitão de Victor, soube das circunstâncias de seu fim. Haviam-no sangrado além da conta, por causa da febre amarela. Quatro médicos o seguravam ao mesmo tempo. Morrera imediatamente, e o médico-chefe dissera:

– Bem, mais um!

Os pais sempre trataram o menino com barbárie. Ela preferiu não revê-los; e eles não fizeram nenhum gesto, por esquecimento ou por indiferença de miseráveis.

Virginie se debilitava.

Opressões, tosse, uma febre contínua e manchas violáceas no rosto indicavam alguma afecção profunda. O sr. Poupart aconselhara uma temporada na Provença. A sra. Aubain decidiu-se a tanto, e teria trazido logo a filha de volta para casa, não fosse o clima de Pont-l'Évêque.

Chegou a um acordo com o dono de uma carroça, que a levava ao convento toda terça-feira. No jardim, há um terraço de onde se vê o Sena. Virginie passeava apoiada em seu braço, sobre as folhas de pâmpano caídas. Por vezes o sol, atravessando as nuvens, forçava-a a piscar os olhos, enquanto observava ao longe as velas dos barcos e todo o horizonte, do castelo de Tancarville aos faróis de Le Havre. Em seguida, repousavam sob o caramanchão. A mãe conseguira uma pequena barrica de excelente vinho de Málaga; e, rindo à idéia de se embriagar, Virginie bebia dois dedos, nenhum a mais.

Suas forças ressurgiram. O outono transcorreu suavemente. Félicité tranqüilizava a sra. Aubain. Mas, numa tarde em que fora fazer compras na vizinhança, deu com o cabriolé do sr. Poupart diante da porta; ele estava no vestíbulo. A sra. Aubain dava um laço no chapéu.

– Vá pegar meu aquecedor, minha bolsa, minhas luvas; rápido, vamos!

Virginie tivera uma fluxão; talvez não houvesse mais esperança.

– Ainda não – disse o médico; e os dois subiram na carruagem, sob os flocos de neve que volteavam em turbilhão. A noite estava para cair. Fazia muito frio.

Félicité precipitou-se para a igreja, para acender um círio. Depois correu atrás do cabriolé, que alcançou uma hora mais tarde, saltando com leveza para a traseira, onde se segurava na beirada, quando um pensamento lhe ocorreu: "o pátio não estava trancado, e se algum ladrão entrasse?". E desceu da carruagem.

No dia seguinte, logo de madrugada, foi até a casa do médico. Ele voltara e saíra de novo para o campo. Ela esperou no albergue, imaginando que algum desconhecido traria uma carta. Por fim, mal raiou o sol, tomou a diligência de Lisieux.

O convento encontrava-se ao final de uma rua escarpada.

A meio caminho, ouviu sons estranhos, um toque de finados. "Deve ser para outra pessoa", pensou; e Félicité bateu violentamente com a aldrava.

Ao cabo de vários minutos, um par de tamancos veio se arrastando, a porta se entreabriu e uma religiosa apareceu.

A boa irmã disse com ar contrito que ela "acabara de partir". Ao mesmo tempo, os sinos de Saint-Léonard tornavam a dobrar.

Félicité subiu ao segundo andar.

Da porta do quarto, viu Virginie estendida de costas, as mãos juntas, a boca aberta e a cabeça caída para trás, sob uma cruz negra inclinada, entre cortinas imóveis, menos pálidas que seu rosto. A sra. Aubain, ao pé do leito que ela apertava entre os braços, soluçava de agonia. A madre superiora estava em pé, à direita. Três candelabros sobre a cômoda formavam manchas rubras, e o nevoeiro embranquecia as janelas. As religiosas levaram a sra. Aubain embora.

Por duas noites, Félicité não abandonou a morta. Repetia as mesmas preces, jogava água-benta sobre os lençóis, voltava a se sentar e a contemplava. Ao fim da primeira vigília, notou que o rosto ficara mais amarelo, os lábios, mais azuis, o nariz se afinava, os olhos se afundavam. Beijou-os várias vezes, e não teria ficado imensamente espantada se Virginie os abrisse de novo; para almas assim, o sobrenatural é bem simples. Lavou-a, envolveu-a no sudário, deitou-a no caixão, ajeitou-lhe a coroa, arrumou seus cabelos. Eram loiros e extraordinariamente longos para a idade. Félicité cortou uma boa mecha, da qual escondeu metade no peito, decidida a jamais se desfazer deles.

O corpo foi trazido de volta a Pont-l'Évêque, segundo a vontade da sra. Aubain, que seguia o cortejo fúnebre em uma carruagem fechada.

Após a missa, foram precisos mais três quartos de hora até chegar ao cemitério. Paul caminhava à frente e soluçava. O sr. Bourais vinha logo atrás, em seguida os notáveis do lugar, as mulheres, cobertas de mantos negros, e Félicité. Ela pensava no sobrinho e, não tendo podido render-lhe aquelas homenagens, sentia uma tristeza ainda maior, como se o enterrassem junto com a outra.

O desespero da sra. Aubain foi ilimitado.

De início, ela se revoltou contra Deus, julgando-o injusto por haver levado sua filha – ela, que jamais fizera mal nenhum e cuja consciência era tão pura! Mas, não! Devia tê-la levado para o Sul. Outros médicos a teriam salvado! Acusava-se, queria revê-la, gritava de aflição em meio aos sonhos. Um, sobretudo, obsedava-a. Seu marido, em trajes de marinheiro, voltava de uma longa viagem e lhe dizia, chorando, que tinha recebido ordem de levar Virginie embora. E os dois se juntavam para encontrar um esconderijo em algum lugar.

Certa vez, voltou transtornada do jardim. Pouco antes (ela mostrava o lugar), pai e filha haviam aparecido, um ao lado do outro, sem fazer nada; fitavam-na.

Por vários meses, ficou no quarto, inerte. Félicité ralhava brandamente; ela precisava se guardar, pelo filho e pela outra, pela memória "dela".

– "Dela"? – retrucava a sra. Aubain, como se despertasse. – Ah, sim, sim... Você não se esquece dela! – alusão ao cemitério, que lhe haviam escrupulosamente proibido.

Félicité ia todos os dias até lá.

Às quatro em ponto, passava rente às casas, subia pela encosta, abria a cancela e chegava à tumba de Virginie. Era uma pequena coluna de mármore rosa, com uma lápide no chão e correntes em volta, encerrando um jardinzinho. As platibandas desapareciam sob uma cobertura de flores. Félicité regava a folhagem, trocava a areia, ajoelhava-se para melhor trabalhar a terra. Quando pôde vir, a sra. Aubain sentiu um alívio, uma espécie de consolo.

Depois os anos se escoaram, todos parecidos e sem mais episódios que o retorno das grandes festas: Páscoa, Assunção, Todos-os-Santos. Acontecimentos íntimos marcavam uma data, à qual mais tarde se fazia menção. Assim, em 1825, dois vidraceiros caiaram o vestíbulo; em 1827, um pedaço do teto, caindo no pátio, por pouco não matou um homem. No verão de 1828, foi a vez da sra. Aubain de oferecer o pão bento; Bourais, por essa época, ausentou-se misteriosamente; e os velhos conhecidos pouco a pouco se foram: Guyot, Liébard, a sra. Lechaptois, Robelin, o tio Gremanville, paralisado havia tempo.

Uma noite, o condutor da mala-posta anunciou em Pont-l'Évêque a Revolução de Julho. Um novo subprefeito foi nomeado poucos dias depois: o barão de Larsonnière, ex-cônsul na América, e que trazia consigo, além da esposa, também a cunhada com três moças já crescidas. Eram vistas em seu jardim, vestindo blusas bufantes; possuíam um negro e um papagaio. A sra. Aubain recebeu-as em visita, e não deixou de retribuir. Assim que apareciam ao longe, Félicité corria para avisá-la. Mas só uma coisa era capaz de comovê-la – as cartas do filho.

Este não conseguia seguir nenhuma carreira, absorto que estava nos botequins. A sra. Aubain pagava suas dívidas; ele fazia outras; e os suspiros que ela soltava, tricotando junto à janela, chegavam até Felicité, que girava o fuso na cozinha.

Passeavam juntas ao longo da latada; e falavam sempre de Virginie, imaginando se teria gostado de tal coisa, o que teria dito em tal ocasião.

Todas as suas coisinhas ocupavam um armário no quarto com as duas camas. A sra. Aubain examinava-as o menos possível. Certo dia de verão, resignou-se a tanto; e algumas borboletas saíram voando de dentro.

Seus vestidos estavam alinhados sob uma prateleira em que havia três bonecas, aros de madeira, móveis de brinquedo, a bacia que ela usava. As duas mulheres retiraram também as saias, as meias, os lenços, e os estenderam sobre as duas camas, antes de tornar a dobrá-los. O sol iluminava aqueles pobres objetos, revelando as manchas e os vincos formados pelos movimentos do corpo. O dia estava azul e quente, um melro gorjeava, tudo parecia viver numa doçura profunda. Acharam um chapeuzinho de pelúcia, de fios compridos e cor marrom: mas estava todo carcomido pelas traças. Félicité quis ficar com ele. Os olhos das duas se fixaram, uma na outra, encheram-se de lágrimas; por fim a patroa abriu os braços, a criada se lançou; e as duas se abraçaram, saciando sua dor em um beijo que as igualava.

Era a primeira vez na vida, a sra. Aubain não sendo de natureza expansiva. Félicité sentiu-se grata, como por uma dádiva, e desde então cuidou dela com devoção bestial e veneração religiosa.

A bondade de seu coração se expandiu.

Quando ouvia na rua os tambores de um regimento em marcha, ela corria para a porta com uma bilha de sidra e dava de beber aos soldados. Cuidou dos doentes de cólera. Protegia os poloneses*, e houve até um que dizia querer esposá-la. Mas os dois se desentenderam, pois, certa manhã, voltando do ângelus, ela o encontrou instalado na cozinha, comendo tranqüilamente uma salada que havia preparado.

* Refugiados da violenta repressão russa à revolta de 1830. [N.T.]

Depois dos poloneses, foi a vez do pai Colmiche, um velho que diziam ter feito horrores em 93. Vivia à beira do rio, nos escombros de um chiqueiro. Os moleques espiavam-no pelas frestas da parede e jogavam pedregulhos no catre em que ele jazia, continuamente sacudido por um catarro, os cabelos muito compridos, as pálpebras inflamadas e, no braço, um tumor maior que sua cabeça. Félicité conseguiu algumas roupas, tratou de limpar a pocilga, tinha vontade de acomodá-lo junto ao forno, sem incomodar a sra. Aubain. Quando o câncer vazou, fez curativos todos os dias, às vezes lhe trazia bolo, levava-o para tomar sol, sentado num feixe de palha; e o pobre velho, babando e tremendo, agradecia com a voz sumida, tinha medo de perder Félicité, esticava os braços assim que a via se afastar. Ele morreu; e ela mandou rezar uma missa pelo descanso de sua alma.

Nesse dia, teve uma grande alegria: na hora do jantar, o negro da sra. de Larsonnière apareceu, trazendo o papagaio na gaiola, mais o poleiro, a corrente e o cadeado. Um bilhete da baronesa anunciava à sra. Aubain que, tendo o marido sido promovido a uma prefeitura, partiriam naquela noite; e rogava que aceitasse aquele pássaro como lembrança e como penhor de seu respeito.

Fazia tempo que ele ocupava a imaginação de Félicité, pois vinha da América, e essa palavra fazia-a lembrar de Victor, a tal ponto que se informava a respeito junto ao negro. Certa vez, chegara a dizer: "A sra. Aubain gostaria tanto de tê-lo!".

O negro contara a história à patroa, que, não tendo como levar o papagaio, encontrava assim um meio de se livrar dele.

IV

Chamava-se Lulu. O corpo era verde, a ponta das asas, rosa, a cabeça, azul, e o pescoço, dourado.

Mas ele tinha a mania irritante de morder o poleiro, arrancava as próprias penas, espalhava a sujeira, derramava a água da bacia; a sra. Aubain, irritada, deu-o de vez a Félicité.

Ela tratou de ensiná-lo; logo ele repetia: "Belo rapaz! Às ordens, meu senhor! Eu te saúdo, Maria!". Ficava junto à porta, e muitos se espantavam que ele não atendesse pelo nome de Jacquot, uma vez que todos os papagaios se chamam Jacquot. Comparavam-no a um peru, a um bicho bobo: eram punhaladas em Félicité! Estranha obstinação de Lulu, que parava de falar assim que olhavam para ele!

Mesmo assim, buscava companhia; pois, aos domingos, quando *aquelas* senhoritas Rochefeuille, o sr. de Houppeville e os novos convidados – o boticário Onfroy, o sr. Varin e o capitão Mathieu – jogavam sua partida de cartas, ele dava com as asas nas vidraças e se debatia tão furiosamente que era impossível ouvir um ao outro.

As feições de Bourais certamente lhe pareciam muito engraçadas. Tão logo o percebia, começava a rir, a rir com todas as forças. O alarido de sua voz batia no pátio, um eco o repetia, os vizinhos vinham até a janela, riam também; e, para não ser avistado pelo papagaio, o sr. Bourais andava rente às paredes, dissimulando o perfil com o chapéu, chegava ao rio e entrava pela porta do jardim; os olhares que dirigia ao pássaro não demonstravam ternura.

Lulu levara um piparote do empregado do açougue, tendo-se permitido meter a cabeça em seu cesto; e, desde então, tratava sempre de beliscá-lo através da camisa. Fabu ameaçava torcer-lhe o pescoço, ainda que não fosse cruel, a despeito da tatuagem nos braços e dos grossos bigodes. Ao contrário! Até gostava do papagaio, a ponto de querer, por humor jovial, ensinar-lhe palavrões. Félicité, assustada com esses modos, trouxe-o para a cozinha. Retirou a corrente, e Lulu circulava pela casa.

Quando descia a escada, apoiava nos degraus a curva do bico, levantava a pata direita, depois a esquerda; e Félicité tinha medo que tanta ginástica lhe causasse tonturas. Adoeceu, não conseguia mais falar nem comer. Havia uma crosta sob sua língua, como a que as galinhas às vezes têm. Ela cuidou dele, arrancando a película com as unhas. O sr. Paul, um dia, teve a imprudência de lhe soprar nas narinas a fumaça de um charuto; outra vez, quando a sra. Lormeau o espicaçava com a ponta da sombrinha, Lulu abocanhou a virola; por fim, ele se perdeu.

Ela o deixara sobre a grama, para que se refrescasse; ausentou-se por um minuto e, quando voltou, nada de papagaio! Procurou-o primeiro nos arbustos, à beira-rio e em cima dos telhados, sem dar ouvidos à patroa, que gritava: "Cuidado! Está maluca!". Depois, inspecionou todos os jardins de Pont-l'Évêque; e detinha os passantes: "O senhor não teria visto, alguma hora, por acaso, o meu papagaio?". Aos que não conheciam o papagaio, ela dava uma descrição. Subitamente, julgou distinguir, atrás dos moinhos, ao pé da colina, uma coisa verde que esvoaçava. Mas, do alto da colina, nada! Um vendedor ambulante afirmou ter dado com ele logo antes, em Saint-Melanie, na venda da velha Simon. Correu para lá. Ninguém sabia do que estava falando. Por fim, voltou para casa, esgotada, os tamancos aos pedaços, a morte na alma; e, sentada no meio do banco, ao lado da Senhora, contou todas as suas andanças, quando um leve peso caiu sobre seu ombro: Lulu! Que diabo andara fazendo? Talvez tivesse passeado pelas redondezas!

Ela custou a se recompor, ou melhor, não se recompôs jamais.

Em conseqüência de um resfriado, desenvolveu uma angina; pouco tempo depois, um doença de ouvido. Três anos mais tarde, estava surda e falava muito alto, mesmo na igreja. Por mais que seus pecados pudessem, sem desonra para ela nem inconveniente para o mundo, espalhar-se pelos quatro cantos da diocese, o senhor padre julgou conveniente receber sua confissão apenas na sacristia.

Uns zumbidos ilusórios acabaram de aturdi-la. Muitas vezes a patroa lhe dizia: "Meu Deus! Como você é burra!"; ela replicava: "Sim, senhora", procurando alguma coisa ao redor.

O pequeno círculo de suas idéias estreitou-se ainda mais, e o carrilhão dos sinos, o mugido dos bois não existiam mais. Todos os seres funcionavam com o silêncio dos fantasmas. Um único ruído chegava agora a seus ouvidos, a voz do papagaio.

Como para distraí-la, ele reproduzia o tique-taque da manivela do espeto, o chamado agudo de um peixeiro, a serra do carpinteiro que trabalhava na casa em frente; e, aos toques da campainha, imitava a sra. Aubain: "Félicité, a porta, a porta!".

Os dois conversavam, ele, recitando à saciedade as três frases de seu repertório, e ela, respondendo com palavras sem nexo, em que expandia o coração. Em seu isolamento, Lulu era quase um filho, um namorado. Escalava os dedos dela, mordiscava seus lábios, agarrava-se a seu fichu; e, quando ela inclinava o rosto, balançando a cabeça à maneira das babás, as abas compridas da touca e as asas do papagaio tremiam juntas.

Quando as nuvens se amontoavam e o trovão rugia, ele soltava gritos, talvez recordando os aguaceiros de suas florestas natais. O correr da água excitava seu delírio; esvoaçava espavorido, subia até o teto, derrubava tudo e saía pela janela para chapinhar no jardim, mas logo voltava para cima dos ferros da lareira e, saltitando para secar as plumas, mostrava ora a cauda, ora o bico.

Certa manhã do terrível inverno de 1837, em que o levara para a frente da lareira, por causa do frio, ela o encontrou morto, no meio da gaiola, a cabeça para baixo e as garras apertadas aos arames. Uma congestão o matara, quem sabe? Ela pensou em envenenamento por salsa; e, apesar da ausência de qualquer prova, suas suspeitas recaíram sobre Fabu.

Ela chorou de tal maneira que a patroa lhe disse: "Pois, então, mande empalhar!".

Pediu conselho ao farmacêutico, que sempre fora bondoso para com o papagaio.

Ele escreveu para Le Havre. Um certo Fellacher encarregou-se da tarefa. Mas como a diligência por vezes trocava os pacotes, Félicité resolveu levá-lo, ela mesma, até Honfleur.

As macieiras desfolhadas sucediam-se nos dois lados da estrada. Havia gelo cobrindo os fossos. Os cachorros latiam junto às granjas; e, as mãos sob o manto curto, com os tamancos negros e o cesto, ela marchava ligeira pelo meio do caminho.

Atravessou a floresta, ultrapassou Haut-Chêne, chegou a Saint-Gatien.

Atrás dela, em uma nuvem de poeira e embalada pela descida, uma mala-posta em galope solto precipitou-se como uma tromba d'água. Vendo aquela mulher que não se perturbava, o condutor ergueu-se na capota, e o postilhão gritava também, enquanto os quatro cavalos, que não havia como frear, aceleravam o passo; os dois primeiros esbarraram nela; com um repelão nas rédeas, o condutor jogou-os para o lado da estrada, mas, furioso, levantou o braço e, com o longo chicote, desferiu-lhe do ventre ao coque um golpe tão forte que ela caiu de costas.

Seu primeiro gesto, quando recobrou a consciência, foi de abrir o cesto. Lulu não sofrera nada, felizmente. Sentiu uma ardência na face direita; levou as mãos até ali, estavam vermelhas. O sangue escorria.

Sentou-se num marco de pedregulhos empilhados, enxugou o rosto com o lenço, depois comeu uma crosta de pão, posta no cesto por cautela, e se consolava da ferida contemplando o pássaro.

Chegando aos altos de Ecquemauville, Félicité viu as luzes de Honfleur, que cintilavam na noite como uma multidão de estrelas; o mar, mais ao longe, espalhava-se confusamente. Então uma fraqueza a deteve; e a miséria da infância, a decepção do primeiro amor, a partida do sobrinho, a morte de Virginie, como ondas de uma maré, voltaram de uma só vez e, subindo-lhe à garganta, sufocavam-na.

Depois quis falar com o capitão do barco; e, sem dizer o que estava mandando, fez-lhe recomendações.

Fellacher ficou com o papagaio por muito tempo. Prometia-o sempre para a semana seguinte; ao cabo de seis meses, anunciou a remessa de uma caixa; e não se falou mais nisso. Era de se acreditar que Lulu não voltaria jamais. "Devem tê-lo roubado!", pensava ela.

Enfim, ele chegou – e esplêndido, aprumado sobre um galho de árvore que se atarrachava a um pedestal de mogno, com uma pata no ar, a cabeça oblíqua e mordendo uma noz, que o empalhador havia dourado, por amor ao grandioso.

Ela o trancou em seu quarto.

Esse lugar, ao qual admitia poucas pessoas, tinha um ar ao mesmo tempo de capela e de bazar, tantos eram os objetos de culto e as coisas heteróclitas que continha.

Um grande armário emperrava a porta. Do lado oposto à janela que dominava o jardim, uma clarabóia dava para o pátio; uma mesa, junto à cama de lona, amparava uma bilha, dois pentes e um cubo de sabão azul num pratinho rachado. Nas paredes, viam-se rosários, medalhas, várias Virgens, uma pia de água-benta em casca de coco; sobre a cômoda, coberta por uma toalha como se fosse um altar, a caixa revestida de conchas que Victor lhe dera; mais um regador e uma bola, cadernos de caligrafia, o atlas com gravuras, um par de botinas; e, no prego do espelho, atado pelas fitas, o chapeuzinho de pelúcia! Félicité levava essa espécie de respeito tão longe que conservava uma das sobrecasacas do patrão. Todas as velharias que a sra. Aubain não queria mais, ela as levava para o quarto. Assim, havia flores artificiais à beira da cômoda e o retrato do conde de Artois no vão da lucarna.

Por meio de uma tabuinha, Lulu foi acomodado sobre uma saliência da lareira que avançava pelo quarto. Toda manhã, ao despertar, ela o via à claridade da aurora e recordava dias passados e ações insignificantes, em seus menores detalhes, sem dor, plena de tranqüilidade.

Não se comunicando com ninguém, vivia num torpor de sonâmbula. Animava-se com as procissões de Corpus Christi. Procurava as vizinhas, atrás de candelabros e capachos, para enfeitar o altar que erguiam na rua.

Na igreja, contemplava sempre o Espírito Santo, e observou que tinha alguma coisa do papagaio. A semelhança pareceu-lhe ainda mais manifesta numa imagem de Épinal, representando o batismo de Nosso Senhor. Com suas asas de púrpura e seu corpo de esmeralda, era realmente o retrato de Lulu.

Tendo comprado a imagem, pendurou-a no lugar do conde de Artois, de modo que, com um só olhar, ela os via juntos. Os dois se associaram em seu pensamento, o papagaio santificado por essa relação com o Espírito Santo, que se tornava mais vivo a seus olhos, e inteligível. Deus-Pai, quando quis se pronunciar, não podia ter escolhido uma pomba, uma vez que esses animais não têm voz, mas sim um dos ancestrais de Lulu. E Félicité rezava, fitando a imagem, mas de tanto em tanto se virava de leve para o pássaro.

Quis entrar para as Filhas de Maria. A senhora Aubain a dissuadiu.

Um evento considerável se apresentou: o casamento de Paul.

Depois de ter sido escrivão de cartório e trabalhado no comércio, na alfândega, no fisco e ter mesmo assuntado as águas e florestas, subitamente, aos trinta e seis anos, por uma inspiração dos céus, descobrira seu caminho: o cartório de registros! E dava mostras de tantas faculdades que um fiscal lhe oferecera a filha, prometendo proteção.

Paul, agora homem sério, levou-a até sua mãe.

A moça denegriu os costumes de Pont-l'Évêque, fez-se de princesa, magoou Félicité. Quando partiu, a sra. Aubain sentiu um alívio.

Na semana seguinte, souberam da morte do sr. Bourais, na Baixa Bretanha, num albergue. O rumor de suicídio se confirmou; surgiram dúvidas quanto a sua probidade. A sra. Aubain examinou suas contas e não tardou a dar com uma fieira de perfídias: desvio de pagamentos, vendas de madeira às escondidas, recibos falsos etc. Além disso, tinha um filho natural e "relações com uma certa pessoa de Dozulé".

Essas baixezas afligiram-na muitíssimo. No mês de março de 1853, foi tomada por uma dor no peito; sua língua parecia coberta de fumaça, as sanguessugas não acalmaram a opressão; e na nona noite ela expirou, exatamente aos setenta e dois anos.

Julgavam-na menos velha, por causa de seus cabelos castanhos, cujos cachos envolviam o rosto macilento, marcado pela varíola. Poucos amigos a lamentaram, a soberba de seus modos afastava as pessoas.

Félicité a chorou como não se choram os patrões. Que a Senhora morresse antes dela era algo que perturbava suas idéias, parecia-lhe contrário à ordem das coisas, inadmissível e monstruoso.

Dez dias depois (o tempo de chegar de Besançon), os herdeiros apareceram. A nora revirou as gavetas, escolheu alguns móveis, vendeu outros; depois, voltaram aos registros.

A poltrona da Senhora, a mesinha, o aquecedor, as oito cadeiras, tudo se fora! O lugar das gravuras desenhava-se em quadrados amarelos no meio dos tabiques. Tinham levado as duas caminhas com os colchões, e no armário não se via mais nada dos objetos de Virginie! Félicité subiu as escadas, ébria de tristeza.

No dia seguinte, havia um cartaz na porta; o boticário gritou-lhe ao ouvido que a casa estava à venda.

Ela cambaleou e foi obrigada a se sentar.

O que mais a desolava era abandonar seu quarto, tão confortável para o pobre Lulu. Envolvendo-o com um olhar de angústia, implorava ao Espírito Santo, e contraiu o costume idólatra de fazer as orações ajoelhada diante do papagaio. Por vezes, o sol que entrava pela lucarna batia em seu olho de vidro e fazia jorrar um grande raio luminoso, que a levava ao êxtase.

Tinha uma renda de trezentos e oitenta francos que a patroa lhe legara. O jardim fornecia legumes. Quanto às roupas, tinha com que se vestir até o fim de seus dias, e poupava a luz, deitando-se logo ao crepúsculo.

Não saía nunca, a fim de evitar a loja do antiquário, onde alguns dos antigos móveis estavam em exposição. Desde quando tivera o desmaio, ela arrastava uma das pernas; e, suas forças diminuindo, a velha Simon, arruinada com o armazém, vinha todas as manhãs rachar lenha e bombear água.

Seus olhos enfraqueceram. As persianas não abriam mais. Muitos anos se passaram. E a casa não se alugava, nem se vendia.

Por medo de ser expulsa, Félicité não pedia nenhum reparo. As ripas do teto apodreciam; durante um inverno inteiro, seu travesseiro ficou molhado. Depois da Páscoa, ela cuspiu sangue.

Então a velha Simon recorreu a um médico. Félicité quis saber o que tinha. Mas, surda demais para escutar, uma única palavra chegou até ela: "Pneumonia". Ela a conhecia e replicou suavemente: "Ah, como a Senhora", parecendo-lhe natural seguir a patroa.

A época dos altares de rua chegou.

O primeiro ficava sempre ao pé da encosta, o segundo diante dos correios, o terceiro pelo meio da rua. Houve rivalidades a propósito deste último; e as paroquianas acabaram por escolher o pátio da sra. Aubain.

As opressões e a febre aumentavam. Félicité lastimava-se de não fazer nada pelo altar. Se ao menos pudesse colocar alguma coisa! Então, lembrou do papagaio. Não era conveniente, objetaram as vizinhas. Mas o padre concedeu a permissão; ela ficou tão contente que lhe pediu que, uma vez morta, ele aceitasse Lulu, sua única riqueza.

Da terça-feira ao sábado, véspera de Corpus Christi, tossiu com mais freqüência. À noite, o rosto se contraía, os lábios se colavam às gengivas, os vômitos começaram; e no dia seguinte, de madrugada, sentindo-se muito fraca, pediu que chamassem um padre.

Três boas mulheres rodeavam-na durante a extrema-unção. Depois, ela declarou que precisava falar com Fabu.

Ele chegou em trajes domingueiros, pouco à vontade naquela atmosfera lúgubre.

– Me perdoe – disse ela, com um esforço para estender o braço –, eu pensava que você o tinha matado!

Que significava aquele despautério? Suspeito de assassinato, um homem como ele! E se indignava, quis criar caso. "Ela perdeu o juízo, logo se vê!"

De tanto em tanto, Félicité falava com as sombras. As boas mulheres tomaram distância. A Simonne foi tomar o café da manhã.

Um pouco mais tarde, pegou Lulu e, aproximando-o de Félicité:

–Vamos! Diga adeus a ele!

Ainda que não fosse um cadáver, os vermes o devoravam; uma das asas estava quebrada, a estopa escapava pela barriga. Mas, cega a essa altura, ela o beijou na cabeça e o apertou contra a face. A Simonne tomou-o de volta, para colocá-lo no altar.

V

As pastagens exalavam o odor do verão; as moscas zumbiam; o sol fazia reluzir o rio, esquentava as ardósias. A velha Simon, de volta ao quarto, dormitava suavemente.

Toques de sino a despertaram; era a saída das vésperas. O delírio de Félicité cedeu. Pensando na procissão, ela a via como se a seguisse.

Todas as crianças das escolas, os chantres e os bombeiros caminhavam pelas calçadas, enquanto, no meio da rua, avançavam o guarda suíço com sua alabarda, o sacristão com sua grande cruz, o mestre-escola vigiando os meninos, a religiosa, inquieta por suas meninas; três das mais bonitas, frisadas como anjos, jogavam pétalas de rosa para o ar; o diácono, de braços abertos, moderava a música; e dois turibulários voltavam-se a cada passo para o Santíssimo Sacramento, levado pelo senhor padre em sua bela casula, sob um dossel de veludo encarnado que quatro fabriqueiros carregavam. Um mar de gente se apertava mais atrás, entre as toalhas brancas que cobriam a parede das casas; e chegaram ao pé da encosta.

Um suor frio molhava as têmporas de Félicité. A Simonne enxugava-a com um pano, dizendo consigo que um dia também teria que passar por aquilo.

O murmúrio da multidão aumentou, ficou muito forte por um instante, distanciava-se.

Uma salva de tiros sacudiu as vidraças. Eram os postilhões saudando o ostensório. Félicité remexeu as pupilas e disse, o menos baixo que pôde:

– Ele está bem? – atormentada por conta do papagaio.

Sua agonia começou. Um estertor, mais e mais precipitado, erguia-lhe as costas. Borbulhos de saliva escorriam pelos cantos da boca, e todo o seu corpo tremia.

Logo se distinguiu o ronco dos oficlides, as vozes claras das crianças, a voz profunda dos homens. A intervalos, tudo se calava, e o barulho dos passos, amortecidos pelas flores, parecia-se com o ruído de um rebanho sobre a relva.

O clero entrou no pátio. A Simmone subiu numa cadeira para alcançar a clarabóia, e assim dominava o altar.

Guirlandas verdes pendiam por cima dele, enfeitado por um falbalá em ponto inglês. Havia bem no meio um pequeno quadro com relíquias, duas laranjeiras nos cantos e, de um lado ao outro, candelabros de prata e vasos de porcelana, dos quais se projetavam girassóis, lírios, peônias, dedaleiras e buquês de hortênsias. Esse amontoado de cores brilhantes descia obliquamente, do primeiro andar até o tapete que se prolongava sobre o pavimento; e objetos raros atraíam os olhos. Um açucareiro de prata dourada tinha uma coroa de violetas, pingentes de pedra de Alençon brilhavam sobre o musgo, dois biombos chineses exibiam suas paisagens. De Lulu, escondido sob rosas, não se via mais que a cabeça azul, parecida a uma placa de lápis-lazúli.

Os fabriqueiros, os chantres, as crianças alinharam-se pelos três cantos do pátio. O padre subiu lentamente os degraus e depôs sobre a renda o grande ostensório dourado, que resplandecia. Todos se ajoelharam. Fez-se um grande silêncio. E os incensórios, a todo ímpeto, deslizavam nas correntes.

Um vapor de azul subiu pelo quarto de Félicité. Ela avançou as narinas, aspirando-o com uma sensualidade mística; depois, fechou as pálpebras. Seus lábios sorriam. Os movimentos de seu coração diminuíram um a um, cada vez mais vagos, mais suaves, como uma fonte se esgota, como um eco desaparece; e, quando exalou o último suspiro, ela acreditou ver nos céus entreabertos um papagaio gigantesco, planando acima de sua cabeça.

A legenda de São Julião Hospitaleiro

I

O pai e a mãe de Julião viviam num castelo no meio dos bosques, sobre a encosta de uma colina.

As quatro torres dos cantos tinham tetos pontiagudos, recobertos de telhas de chumbo em forma de escamas, e a base das muralhas apoiava-se em rochas maciças, que se precipitavam abruptamente até o fundo dos fossos.

As lajes do pátio eram limpas como o ladrilho de uma igreja. Calhas compridas, figurando dragões de goela para baixo, cuspiam a água das chuvas para a cisterna; e no beiral das janelas, em todos os andares, num vaso de cerâmica pintada, um manjericão ou um heliotrópio florescia.

Uma cerca feita de estacas continha primeiro um pomar, em seguida um canteiro, onde combinações de flores desenhavam números, depois uma latada em arco para se tomar ar fresco e um jogo de malha que servia à diversão dos pajens. Do outro lado encontravam-se o canil, os estábulos, o forno para o pão, o lagar e os celeiros. Um relvado verdejante estendia-se ao redor, rodeado por uma boa sebe de espinheiros.

Viviam em paz havia tanto tempo que não se abaixava mais a grade levadiça; os fossos estavam tomados de mato; as andorinhas faziam ninho na fenda das ameias; e o arqueiro, que andava o dia inteiro pela amurada, voltava para a torre de vigia assim que o sol ficava forte demais, e dormia como um monge.

No interior, as ferragens reluziam por toda parte; as tapeçarias dos quartos protegiam do frio; e os armários transbordavam de roupa, os tonéis de vinho empilhavam-se nas caves, as arcas de carvalho estalavam sob o peso dos sacos de dinheiro.

Viam-se na sala de armas, entre os estandartes e os troféus de animais selvagens, armas de todos os tempos e de todas as nações, das fundas amalecitas e das zagaias garamantes aos montantes sarracenos e às cotas de malha normandas.

O maior espeto da cozinha podia assar um boi; a capela era suntuosa como o oratório de um rei. Havia até, num recanto afastado, um banho à romana; mas o bom senhor prescindia dele, julgando ser um costume dos idólatras.

Sempre envolto numa peliça de raposa, ele andava pela casa, dispensava justiça entre seus vassalos, apaziguava as querelas de seus vizinhos. Durante o inverno, via cair os flocos de neve ou pedia que lessem histórias. Nos primeiros dias de tempo bom, saía com sua mula pelas veredas, ao longo dos campos que verdejavam, e conversava com os camponeses, a quem dava conselhos. Depois de muitas aventuras, tomara por esposa uma donzela de alta linhagem.

Era muito branca, um pouco séria e altiva. As pontas de sua capelina raspavam no lintel das portas, a cauda de seu vestido de lã arrastava-se três passos atrás dela. Sua vida era regrada como no interior de um monastério; cada manhã, distribuía as tarefas entre suas criadas, cuidava das geléias e dos ungüentos, fiava na roca ou bordava toalhas de altar. De tanto rogar a Deus, veio-lhe um filho.

Houve então grandes festejos, e um banquete que durou três dias e quatro noites, à luz de tochas, ao som de harpas, sobre um tapete de folhagem. Serviram-se as mais raras especiarias e frangos gordos como carneiros; por pilhéria, um anão saltou de dentro de uma torta; e, as escudelas não dando mais conta, pois a multidão crescia sem parar, foi preciso beber em olifantes e elmos.

A jovem mãe não assistiu a essas festas. Deixou-se ficar na cama, tranqüilamente. Uma noite, acordou e percebeu, sob um raio de lua que entrava pela janela, uma sombra que parecia se mover. Era um velho em hábito de burel, com um rosário à cintura, um bornal sobre os ombros, toda a aparência de um eremita. Aproximou-se do leito e disse, sem descerrar os lábios:

– Alegra-te, ó mãe! Teu filho será um santo!

Ela quase gritou; mas, deslizando sobre o raio de lua, ele ascendeu suavemente, depois desapareceu. As canções do banquete ressoaram mais fortes. Ela ouviu vozes de anjos, e sua cabeça recaiu sobre o travesseiro, encimado por um osso de mártir em moldura de rubis.

No dia seguinte, todos os criados interrogados declararam não ter visto o eremita. Sonho ou realidade, aquilo devia ser uma mensagem dos céus; mas ela cuidou de não dizer nada, temendo que a acusassem de soberba.

Os convivas partiram ao nascer do dia; e o pai de Julião se encontrava além do postigo, aonde conduzira o último deles, quando de repente um mendigo surgiu a sua frente, no meio da neblina. Era um cigano de barba trançada, com argolas de prata nos dois braços e pupilas flamejantes. Balbuciou com ar inspirado essas palavras sem nexo:

– Ah, ah! Teu filho! Muito sangue! Muita glória! Sempre feliz! Família de imperador!

E, inclinando-se para recolher a esmola, meteu-se na relva, sumiu.

O bom castelão espiou à direita e à esquerda, chamou o quanto pôde. Ninguém! O vento soprava e a bruma da manhã se desfazia.

Atribuiu essa visão à cabeça cansada por ter dormido tão pouco. "Se eu falar disso, vão rir de mim", disse consigo. Mesmo assim, deslumbrava-se com os esplendores destinados a seu filho, por mais que a promessa não fosse clara e que ele duvidasse até de tê-la ouvido.

Os esposos esconderam seus segredos um do outro. Mas ambos cercavam a criança com o mesmo amor; e, respeitando o filho como um escolhido de Deus, tiveram cuidados infinitos com a sua pessoa. Seu leito era acolchoado com a penugem mais fina; uma lamparina em forma de pomba ardia mais acima, continuamente; três amas o acalentavam; e, bem aconchegado em suas fraldas, a face rosada e os olhos azuis, com sua manta de brocado e sua touca cheia de pérolas, parecia um menino Jesus. Os dentes nasceram sem que ele chorasse uma só vez.

Quando fez sete anos, sua mãe lhe ensinou a cantar. Para torná-lo corajoso, seu pai o montou num bom cavalo. O menino sorria de gosto e não tardou a saber tudo sobre cavalos de batalha.

Um velho monge muito erudito ensinou-lhe a Sagrada Escritura, os números árabes, as letras latinas e a fazer pinturas graciosas sobre pergaminho. Trabalhavam juntos, no alto de um torreão, longe do barulho.

Terminada a aula, desciam para o jardim, onde, passeando pausadamente, estudavam as flores.

Por vezes aparecia, marchando no fundo do vale, uma fileira de bestas de carga, tocadas por um homem a pé, trajado à oriental. O castelão, reconhecendo o mercador, mandava um valete a seu encontro. O estrangeiro, tomando confiança, desviava-se da rota; e, levado ao salão, retirava de suas arcas peças de veludo e seda, jóias, arômatas, coisas singulares, de serventia ignorada; no final, o bom homem partia com bom lucro, sem sofrer qualquer violência. Outras vezes, um grupo de peregrinos batia à porta; suas roupas molhadas fumegavam diante da lareira; uma vez saciados, contavam suas histórias: a errância dos navios no mar encapelado, as marchas a pé sobre a areia escaldante, a ferocidade dos pagãos, as cavernas da Síria, a Manjedoura e o Sepulcro. Depois presenteavam o jovem senhor com vieiras de seus mantos.

Volta e meia o castelão festejava com seus velhos companheiros de armas. Enquanto bebiam, recordavam as guerras, os assaltos a fortalezas com o estrépito das máquinas e as feridas prodigiosas. Julião os escutava e soltava gritos; nessas horas, seu pai não duvidava de que mais tarde seria um conquistador. Mas à tarde, ao sair do ângelus, quando passava entre os pobres arqueados, abria sua bolsa com tanta modéstia e com um ar tão nobre que sua mãe já contava tê-lo algum dia como arcebispo.

Seu lugar na capela ficava ao lado de seus pais; e, por demorados que fossem os serviços, ficava de joelhos em seu genuflexório, de mãos juntas, o barrete no chão.

Um dia, durante a missa, percebeu, ao levantar a cabeça, uma ratazana branca que saía de um buraco na parede. Ela trotou sobre o primeiro degrau do altar e, depois de dois ou três giros à direita e à esquerda, fugiu para o seu canto. No domingo seguinte, perturbou-se com a idéia de que a veria de novo. Ela voltou, e todo domingo Julião a esperava, importunava-se, tomou ódio e resolveu livrar-se dela.

Assim, tendo fechado a porta e semeado migalhas de bolo sobre os degraus, ele se postou diante do buraco, com um porrete na mão.

Muito tempo depois, apareceu um focinho rosado, depois a ratazana inteira. Ele desferiu um golpe leve e ficou estupefato diante daquele corpinho que não se mexia mais. Uma gota de sangue manchava o ladrilho. Enxugou-a rapidamente com a manga da camisa, jogou fora a ratazana e não disse nada a ninguém.

Toda espécie de passarinhos ciscava grãos no jardim. Teve a idéia de colocar ervilhas dentro de um caniço oco. Quando ouvia um gorjeio nas árvores, aproximava-se suavemente, levantava o tubo, inflava as bochechas e os bichinhos choviam sobre seus ombros em tal número que ele não conseguia refrear o riso, feliz com a própria astúcia.

Certa manhã, voltando pela amurada, viu na crista do paredão um pombo gordo que se fartava de sol. Julião deteve-se a observá-lo; como havia uma brecha nesse lugar, uma lasca de pedra encontrou-se em sua mão. Girou o braço, e a pedra abateu o pássaro, que tombou a prumo no fosso.

Julião precipitou-se para baixo, arranhando-se nas moitas, rebuscando em toda parte, mais lesto que um cão jovem.

O pombo, de asas quebradas, palpitava, suspenso nos galhos de uma alfena.

A persistência de sua vida irritou o menino. Pôs-se a estrangulá-lo; e as convulsões da ave faziam palpitar seu coração, enchiam-no de uma volúpia selvagem e tumultuosa. No espasmo final, sentiu que desmaiava.

À noite, durante o jantar, seu pai declarou que chegara a idade de aprender a caçar; e foi procurar um velho calhamaço, contendo, em forma de perguntas e respostas, toda a suma das caçadas. Um mestre expunha a seu aluno a arte de treinar os cães e adestrar os falcões, de colocar armadilhas, de reconhecer o cervo por seu excremento, a raposa por suas pegadas, o lobo por seus rastros, o bom modo de discernir suas trilhas, de que modo são levantados, onde se encontram seus refúgios costumeiros, quais são os ventos mais propícios, com a enumeração de seus gritos e as regras de retalho da presa.

Quando Julião conseguiu recitar de cor todas essas coisas, seu pai lhe reuniu uma matilha.

De início, distinguiam-se vinte e quatro galgos barbarescos, mais velozes que gazelas, bem capazes de desembestar; depois, dezessete pares de bretões, sarapintados de branco sobre vermelho, inabaláveis em sua obediência, fortes de peito e bons de latido. Para o ataque ao javali e as fugas perigosas, havia quarenta grifões, peludos como ursos. Os mastins da Tartária, quase tão altos como asnos, cor de fogo, costado largo e jarrete alinhado, destinavam-se à perseguição dos auroques. O manto negro dos *spaniels* reluzia como seda; o ladrar dos *talbots* igualava-se ao dos lebréus cantadores. Num pátio separado, rugiam, sacudindo suas coleiras e revirando os olhos, oito dogues alanos, animais formidáveis que saltam ao ventre dos cavaleiros e não têm medo dos leões.

Todos comiam pão de trigo, bebiam em cochos de pedra e levavam nomes sonoros.

O plantel de falcões talvez superasse a matilha; o bom senhor, abastado que era, havia reunido terçós do Cáucaso, sacres da Babilônia, gerifaltes da Alemanha e falcões-peregrinos capturados em falésias à margem de mares frios, em longínquos países.

Viviam num galpão coberto de colmo e, presos ao poleiro por ordem de tamanho, tinham à frente um quadrado de relva, ao qual eram levados de vez em quando para se espertar.

Redes, ganchos, estrepes, todo tipo de aparelho foi confeccionado.

Com freqüência, levavam ao campo os perdigueiros, que logo amarravam a caça. Então, os batedores, avançando passo a passo, estendiam com precaução uma imensa rede sobre seus corpos impassíveis. A um comando, começavam a latir; as codornas levantavam vôo; e as damas dos arredores, convidadas com seus maridos, seus filhos, suas camareiras, todos se jogavam em cima e as capturavam facilmente.

Outras vezes, para desentocar as lebres, batiam-se tambores; as raposas caíam nos buracos, ou então uma armadilha, destravando-se, apanhava um lobo pela pata.

Mas Julião desprezou esses cômodos artifícios; preferia caçar longe de todos, com seu cavalo e seu falcão. Este era quase sempre uma grande ave da Cítia, branca feito neve. Seu capuz de couro era encimado por um penacho, anéis de ouro chacoalhavam em suas patas azuis; ele se mantinha rijo sobre o braço de seu mestre, enquanto o cavalo galopava e as planícies se sucediam. Julião, desamarrando os piós, lançava-o de repente; o animal ousado subia pelo céu como uma flecha; e viam-se duas manchas desiguais girar, se unir, depois desaparecer nas alturas azuis. O falcão não tardava a descer, despedaçando algum pássaro, e voltava a pousar sobre a luva, as duas asas frementes.

Julião caçou assim a garça real, o milhafre, a gralha, o abutre.

Gostava de soar a trompa e seguir seus cães, que corriam pela encosta das colinas, saltavam os riachos, voltavam ao bosque; quando o cervo começava a gemer sob as mordidas, ele o abatia prontamente e então deleitava-se com a fúria dos mastins que o devoravam, cortado em pedaços sobre a pele ainda fumegante.

Nos dias de bruma, metia-se num brejo, onde ficava à espreita de gansos, lontras e patos selvagens.

Três escudeiros, desde a aurora, esperavam-no ao pé da escadaria; e o velho monge, inclinando-se em sua lucarna, bem que fazia sinais para chamá-lo de volta; Julião nem se virava. Saía ao sol ardente, sob a chuva, em meio à tempestade, bebia a água das nascentes na cava da mão, comia maçãs silvestres sem deter o trote, repousava sob um carvalho quando estava cansado; e chegava no meio da noite, coberto de sangue e de lama, com espinhos nos cabelos e exalando o cheiro dos animais selvagens. Tornou-se como eles. Quando sua mãe o apertava contra si, aceitava friamente o abraço, parecendo sonhar coisas profundas.

Matou ursos a punhaladas, touros com o machado, javalis com o chuço; e mesmo, certa vez, não tendo mais que um bastão, defendeu-se dos lobos que roíam cadáveres ao pé de uma forca.

Certa manhã de inverno, Julião partiu antes que o dia raiasse, bem equipado, uma balestra ao ombro e um feixe de flechas no arção da sela.

Seu ginete dinamarquês, seguido de dois bassês que andavam no mesmo passo, fazia ressoar a terra. As gotas de orvalho se colavam a seu manto, um vento norte soprava. Um lado do horizonte ficou mais claro; e, na brancura da penumbra, ele percebeu coelhos que saltitavam à beira de suas tocas. Os dois bassês, sem demora, precipitaram-se sobre eles; e, aqui e ali, animadamente, quebravam-lhes a espinha.

Logo entrou por um bosque. Na ponta de um galho, um galo silvestre entorpecido pelo frio dormia com a cabeça sob as asas. Julião, num golpe de revés com a espada, decepou-lhe as duas patas e, sem o recolher, continuou sua rota.

Três horas mais tarde, encontrou-se no cimo de uma montanha tão alta que o céu parecia quase negro. À sua frente, um rochedo semelhante a um paredão despenhava-se, pendendo sobre um precipício; e, na extremidade, dois bodes selvagens olhavam para o abismo. Como não tinha suas flechas (pois o cavalo ficara para trás), pensou em descer até eles; meio curvado, de pés descalços, alcançou o primeiro dos bodes e cravou um punhal entre suas costelas. O segundo, aterrorizado, saltou para o vazio. Julião atirou-se para golpeá-lo e, escorregando com o pé direito, caiu sobre o cadáver do outro, a face para o abismo e os braços abertos.

Retornando à planície, seguiu os chorões que bordejavam um rio. Os grous, voando bem baixo, vez por outra passavam sobre sua cabeça. Julião golpeava-os com seu chicote e não perdia nenhum.

Nesse meio tempo, o ar mais quente derretera a geada, nuvens de vapor flutuavam, e o sol apareceu. Viu reluzir ao longe um lago congelado, que parecia de chumbo. No meio do lago, havia um animal que Julião não conhecia, um castor de focinho negro. Apesar da distância, uma flecha o abateu; e Julião ficou triste de não poder levar a pele.

Em seguida, avançou por uma alameda de grandes árvores, que formavam com suas cumeeiras uma espécie de arco do triunfo à entrada de uma floresta. Um cabrito saltou de um matagal, um gamo apareceu numa encruzilhada, um texugo saiu de um buraco, um pavão abriu a cauda sobre a relva; e, depois de os matar todos, outros cabritos apresentaram-se, outros gamos, outros texugos, outros pavões, e melros, gaios, doninhas, raposas, ouriços, linces, uma infinidade de animais, a cada instante mais numerosos. Rondavam-no, trêmulos, com um olhar cheio de suavidade e de súplica. Mas Julião não se cansava de matar, tornando a armar sua balestra, desembainhando a espada, estocando com o facão, e não pensava em nada, não lembrava de coisa alguma. Estava caçando numa região qualquer, há um tempo indeterminado, pelo simples fato de existir, tudo se cumprindo com a facilidade que se tem nos sonhos. Um espetáculo extraordinário deteve-o. Um bando de cervos ocupava um vale em forma de arena; e, amontoados, um perto do outro, aqueciam-se com seu hálito, que fumegava em meio à neblina.

A esperança de um tal morticínio sufocou-o de prazer durante alguns minutos. Então desmontou do cavalo, arregaçou a camisa e se pôs a atirar.

Ao sibilar da primeira flecha, todos os cervos voltaram-se de uma só vez. Abriram-se clarões em sua massa; vozes queixosas se elevavam, e um grande movimento agitou o bando.

A encosta do vale era alta demais para ser transposta. Eles saltavam no cercado, procurando escapar. Julião mirava, atirava; e as flechas caíam como os raios de um temporal. Os cervos enfurecidos se batiam, se empinavam, pulavam uns por cima dos outros; e seus corpos, com as galhadas entrelaçadas, formavam um montículo esparramado, que desabava ao se deslocar.

Enfim morreram, deitados sobre a areia, com baba nas narinas, as entranhas de fora, e a ondulação de suas barrigas diminuindo aos poucos. Depois, tudo ficou imóvel.

A noite estava para chegar; e por trás do bosque, nos intervalos dos ramos, o céu parecia vermelho como um lençol de sangue.

Julião encostou-se numa árvore. Contemplava com olhar pasmo a enormidade do massacre, sem compreender como pudera praticá-lo.

Do outro lado do vale, à beira da floresta, percebeu um cervo, uma corça e um veadinho.

O cervo, que era negro e de tamanho monstruoso, tinha dezesseis ramos na galhada e uma barbicha branca. A corça, clara como as folhas mortas, pastava na relva; e o veadinho malhado, sem interromper a marcha, mamava em sua teta.

A balestra novamente zuniu. O filhote foi o primeiro a morrer. Então sua mãe, olhando para o céu, bramiu com uma voz profunda, dilacerante, humana. Julião, exasperado, estendeu-a por terra com uma flecha no meio do peito.

O grande cervo avistara-o, deu um salto. Julião atirou contra ele sua última flecha. Ela o atingiu na fronte, e ali ficou plantada.

O grande cervo não pareceu senti-la; cavalgando por cima dos mortos, avançava sempre, ia carregar sobre ele, estripá-lo; e Julião recuava, num pavor indizível. O prodigioso animal deteve-se; e, com os olhos flamejantes, solene como um patriarca e como um justiceiro, repetiu três vezes, enquanto um sino batia ao longe:

– Maldito! Maldito! Maldito! Um dia, coração feroz, assassinarás teu pai e tua mãe!

Dobrou os joelhos, fechou suavemente as pálpebras e morreu.

Julião ficou estupefato, depois foi vencido por um súbito cansaço; e um asco, uma tristeza imensa o invadiu. O rosto entre as mãos, chorou por muito tempo.

Seu cavalo perdera-se; seus cães haviam-no abandonado; a solidão que o envolvia parecia ameaçá-lo com perigos indefinidos. Então, impelido pelo medo, saiu correndo pelos campos, escolheu uma vereda ao acaso e encontrou-se quase imediatamente à porta do castelo.

À noite, não dormiu. Sob o vacilar da lamparina suspensa, revia sempre o grande cervo negro. Sua profecia obcecava-o;

debatia-se contra ela. "Não, não, não! Não posso matá-los!", e depois pensava: "Mas se eu quisesse...?", e temia que o Diabo lhe instilasse a vontade.

Durante três meses, a mãe angustiada rezou à sua cabeceira, e o pai, gemendo, andava continuamente pelos corredores. Chamou os médicos mais famosos, que prescreveram uma infinidade de drogas. A doença de Julião, diziam, tinha por causa um vento funesto ou um desejo de amor. Mas o jovem, a todas as questões, balançava a cabeça.

Suas forças retornaram; e levavam-no a passear pelo pátio, o velho monge e o bom senhor sustentando-o pelos braços.

Quando se restabeleceu completamente, teimou em não caçar mais.

Seu pai, querendo alegrá-lo, presenteou-o com uma grande espada sarracena.

Ela ficava no alto de um pilar, em uma panóplia. Para alcançá-la, precisaram de uma escada. Julião subiu nela. A espada, pesada demais, escapou-lhe entre os dedos e, ao cair, roçou o bom senhor tão de perto que sua opalanda se cortou; Julião pensou ter matado seu pai e desfaleceu.

Daí em diante, teve medo das armas. Empalidecia à visão do ferro nu. Essa fraqueza era uma desolação para a família.

Por fim, o velho monge, em nome de Deus, da honra e dos ancestrais, ordenou-lhe que retomasse seus exercícios de fidalgo.

Os escudeiros, todos os dias, divertiam-se com o manejo do dardo. Julião logo destacou-se. Lançava o seu no gargalo das garrafas, quebrava as pás dos cata-ventos, acertava a cem passos os pregos das portas.

Certa noite de verão, à hora em que a bruma torna as coisas indistintas, estando sob a latada do jardim, percebeu ao fundo duas asas brancas que adejavam à altura das ripas. Não teve dúvida de que era uma cegonha; e lançou seu dardo.

Um grito dilacerante ressoou.

Era sua mãe, cuja capelina de abas longas ficou pregada na parede.

Julião fugiu do castelo e não reapareceu mais.

II

Alistou-se numa tropa de aventureiros que passavam por ali.

Conheceu a fome, a sede, as febres e os vermes. Acostumou-se ao fragor das investidas, ao aspecto dos moribundos. O vento curtiu sua pele. Seus membros se endureceram ao contato das armaduras; e como era muito forte, corajoso, sóbrio, ponderado, obteve sem esforço o comando de uma companhia.

No começo das batalhas, incitava seus soldados com um grande floreio de espada. Com uma corda cheia de nós, escalava de noite as muralhas das cidadelas, sacudido pela tempestade, enquanto fagulhas de fogo grego colavam-se a sua couraça e a resina fervente e o chumbo fundido jorravam das ameias. Muitas vezes o choque de uma pedra despedaçou seu escudo. Pontes apinhadas de homens ruíram a seus pés. Girando a maça, livrou-se de quatorze cavaleiros. Derrotou, na liça, todos que o desafiaram. Mais de vinte vezes tiveram-no por morto.

Graças ao favor divino, escapou sempre; pois ele protegia a gente da Igreja, os órfãos, as viúvas e principalmente os velhos. Quando via um andando a sua frente, gritava a fim de lhe ver as feições, como se tivesse medo de matá-lo por engano.

Escravos em fuga, camponeses revoltados, bastardos sem

fortuna, todo tipo de intrépidos afluíram a sua bandeira, e assim reuniu um exército.

O exército cresceu. Julião ficou famoso. Chamavam por ele.

Um atrás do outro, socorreu o delfim da França e o rei da Inglaterra, os templários de Jerusalém, o surena dos Partas, o negus da Abissínia e o imperador de Calicute. Combateu os escandinavos recobertos de escamas de peixe, os negros munidos de broquéis de couro de hipopótamo e, montados sobre asnos vermelhos, os indianos de pele dourada, brandindo por cima dos diademas seus longos sabres, mais claros que espelhos. Venceu os Trogloditas e os Antropófagos. Atravessou terras tão quentes que, sob o sol ardente, os cabelos pegavam fogo por si sós, como tochas; e ainda outras, tão glaciais que os braços, destacando-se do corpo, caíam por terra; e países onde havia tanto nevoeiro que se caminhava cercado de fantasmas.

Repúblicas em dificuldades consultaram-no. Nas entrevistas com os embaixadores, obtinha condições inesperadas. Se um monarca se conduzia muito mal, chegava logo em seguida e dirigia-lhe reprimendas. Libertou povos. Soltou rainhas aprisionadas em torres. Foi ele, e não um outro qualquer, que matou a serpente alada de Milão e o dragão de Oberbirbach.

Acontece que o imperador da Ocitânia, tendo triunfado sobre os Muçulmanos espanhóis, unira-se em concubinato com a irmã do califa de Córdoba; daí tivera uma filha, que criara como cristã. Mas o califa, fingindo querer se converter, veio visitá-lo, acompanhado de escolta numerosa, massacrou toda a guarnição e o jogou no fundo de um calabouço, onde o tratava duramente, a fim de lhe extirpar tesouros.

Julião acorreu em ajuda, destruiu o exército dos infiéis, sitiou a cidade, matou o califa, cortou sua cabeça e a jogou como uma bola por cima das muralhas. Depois, tirou o imperador de seu cativeiro e o reconduziu ao trono, na presença de toda a corte.

O imperador, como prêmio por tal serviço, ofereceu cestos de dinheiro; Julião não quis nada. Julgando que desejasse ainda mais, ofereceu três quartos de suas riquezas; nova recusa; quis partilhar o reino; Julião agradeceu; e o imperador chorava de despeito, não sabendo a maneira de testemunhar seu reconhecimento, quando deu um tapa na testa, disse uma palavra ao ouvido de um cortesão; um par de tapeçarias se levantou, e uma jovem apareceu.

Os grandes olhos negros brilhavam como duas chamas suaves. Um sorriso encantador separava os lábios. Os cachos da cabeleira enroscavam-se nas pedras preciosas do manto entreaberto; e, sob a transparência de sua túnica, adivinhava-se a juventude de seu corpo. Era graciosa e bem-torneada, com a cintura fina.

Julião ficou cego de amor, tanto mais porque levara até então uma vida muito casta.

Assim recebeu em matrimônio a filha do imperador, mais um castelo que ela herdara da mãe; e, terminadas as bodas, partiram com infinitas demonstrações de gentileza.

O palácio era de mármore branco, construído à mouresca, sobre um promontório, no meio de um bosque de laranjeiras. Os canteiros de flores desciam até as margens de um golfo, onde conchas cor-de-rosa estalavam sob os passos. Por trás do castelo estendia-se uma floresta em forma de leque. O céu era continuamente azul, e as árvores inclinavam-se ora à brisa do mar, ora ao vento das montanhas, que fechavam ao longe o horizonte.

Os aposentos, cheios de penumbra, eram iluminados pelas incrustações nas paredes. Colunas altas, finas como caniços, sustentavam o arco das cúpulas, decoradas com relevos imitando as estalactites das grutas.

Havia chafarizes nos salões, mosaicos nos pátios, tabiques floridos, mil requintes de arquitetura, e em toda parte um tal silêncio que se escutava o roçar de uma echarpe ou o eco de um suspiro.

Julião não guerreava mais. Repousava rodeado por um povo tranqüilo; e a cada dia uma multidão passava diante dele, com genuflexões e beija-mãos à oriental.

Vestido de púrpura, debruçava-se no vão de uma janela, recordando as caçadas de outrora; e gostaria de correr pelo deserto atrás de avestruzes e gazelas, esconder-se entre bambus à espreita de leopardos, atravessar florestas cheias de rinocerontes, chegar ao cume dos picos mais inacessíveis para melhor mirar as águias, e sobre os gelos do mar combater os ursos brancos.

Por vezes, num sonho, via-se como nosso pai Adão no meio do Paraíso, entre todos os animais; estendendo o braço, fazia-os morrer; ou então eles desfilavam, dois a dois, por ordem de tamanho, dos elefantes e dos leões aos arminhos e aos patos, como no dia em que entraram na arca de Noé. À sombra de uma caverna, disparava sobre eles dardos infalíveis; vinham outros; a coisa não acabava; e ele despertava revirando os olhos selvagens.

Príncipes amigos convidaram-no a caçar. Recusou sempre, julgando, com essa penitência, afastar o infortúnio; pois pensava que da matança dos animais dependia o destino dos pais. Mas sofria por não os ver, e sua outra vontade tornava-se insuportável.

A mulher, para distraí-lo, chamou jograis e dançarinas.

Passeavam em liteira aberta pelos campos; outras vezes, deitados a bordo de uma chalupa, viam os peixes vagando pela água clara como o céu. Muitas vezes ela lhe jogava flores no rosto; a seus pés, tangia árias numa mandolina de três cordas; depois, apoiando-se em seu ombro com as mãos juntas, dizia com voz tímida: "Mas o que tens, meu senhor?".

Ele não respondia, ou rompia em soluços; por fim, um dia, revelou seus terríveis pensamentos.

Ela os combateu com bons argumentos: seu pai e sua mãe, provavelmente, estavam mortos; se alguma vez os revisse, por qual acaso, com que fim chegaria ele a tal abominação? Assim, o medo não tinha razão de ser, e ele devia tornar a caçar.

Julião sorria enquanto a escutava, mas não se decidia a satisfazer seu desejo.

Numa noite do mês de agosto, estando em seu quarto, ela acabava de se deitar e ele se ajoelhava para a rezar quando ouviu o ladrar de uma raposa, depois os passos leves sob a janela; e adivinhou na escuridão o que pareciam silhuetas de animais. A tentação era forte demais. Tirou o carcás do gancho.

Ela pareceu surpresa.

– É só para te obedecer – disse ele –, estarei de volta ao raiar do dia.

Mesmo assim, ela temia uma aventura funesta.

Ele a tranqüilizou, depois saiu, espantado com a inconseqüência de seu humor.

Pouco tempo depois, um pajem veio anunciar que dois desconhecidos, na ausência do senhor, chamavam com urgência pela senhora.

E logo entraram no quarto um velho e uma velha, encurvados, empoeirados, em roupas de pano grosseiro e apoiando-se cada qual num bastão.

Tomaram coragem e declararam que traziam a Julião notícias de seus pais.

Ela se inclinou para escutá-los.

Contudo, consultando-se com o olhar, perguntaram-lhe se ele ainda os amava, se falava deles às vezes.

– Sim, sim! – disse ela.

Então exclamaram:

– Pois bem, somos nós! – e se sentaram, estando muito fracos e tomados pelo cansaço.

Nada assegurava à jovem que seu esposo fosse o filho deles.

Forneceram-lhe a prova, descrevendo sinais particulares que Julião tinha na pele.

Ela saltou da cama, chamou o pajem, e serviram-lhes uma refeição.

Por mais que tivessem muita fome, não conseguiam comer nada; e ela observava furtivamente o tremor de suas mãos ossudas erguendo os cálices.

Fizeram mil perguntas sobre Julião. Ela respondia a todas, mas cuidou de calar a idéia fúnebre que lhes dizia respeito.

Vendo que ele não retornava, tinham partido de seu castelo; e andavam havia anos, por vagos indícios, sem perder a esperança. Fora preciso tanto dinheiro para a passagem dos rios e os albergues, para os impostos dos príncipes e as exigências dos ladrões, que o fundo da bolsa estava vazio, e agora mendigavam. Que importa, se logo abraçariam o filho? Exaltavam a felicidade de ter uma esposa tão gentil e não se cansavam de contemplá-la e beijá-la.

A riqueza do aposento espantava-os; e o velho, examinando as paredes, perguntou por que se via o brasão do imperador da Ocitânia.

Ela replicou:

– É meu pai!

Então ele estremeceu, recordando a profecia do cigano; e a velha pensava nas palavras do ermitão. Sem dúvida a glória do filho era apenas a aurora de esplendores eternos; e ambos ficaram pasmos sob a luz do candelabro que iluminava a mesa.

Deviam ter sido muito bonitos na juventude. A mãe conservava ainda todos os cabelos, cujos cachos finos, parecidos a filetes de neve, pendiam até o contorno da face; e o pai, de estatura alta e barba longa, parecia uma estátua de igreja.

A esposa de Julião insistiu que não o esperassem. Acomodou-os ela mesma em sua cama, depois fechou a janela; eles adormeceram. O dia estava para raiar e, por trás do vitral, os passarinhos começavam a cantar.

Julião atravessara o parque e andava pela floresta num passo nervoso, desfrutando a maciez da relva e a brandura do ar.

As sombras das árvores estendiam-se sobre o musgo. Por vezes, a lua formava manchas brancas nas clareiras, e ele hesitava em avançar, julgando perceber uma poça d'água; ou então a superfície dos brejos tranqüilos confundia-se com a cor da relva. Havia em toda parte um grande silêncio; e ele não encontrava nenhum dos animais que, poucos minutos antes, erravam ao redor do castelo.

O bosque se fechou, a escuridão era profunda. Sopravam lufadas de vento quente, cheias de odores entorpecentes. Meteu os pés num leito de folhas mortas e apoiou-se num carvalho para arfar um pouco.

De repente, às suas costas, saltou uma massa negra, um javali. Julião não teve tempo de pegar seu arco, e afligiu-se como se aquilo fosse um infortúnio.

Depois, tendo saído do bosque, percebeu um lobo que corria por uma aléia.

Julião atirou-lhe uma flecha. O lobo se deteve, virou a cabeça para vê-lo e retomou a carreira. Trotava mantendo sempre a mesma distância, detinha-se de quando em quando e, tão logo era visado, recomeçava a fugir.

Julião percorreu assim uma planície interminável, depois uns montículos de areia, e por fim encontrou-se num platô que dominava um bom pedaço da região. Havia pedras planas espalhadas entre sepulturas em ruínas. Tropeçava sobre ossadas de mortos; aqui e ali, cruzes carcomidas pendiam com um aspecto lamentável. Algumas formas agitaram-se na sombra indecisa dos túmulos; e deles saíram hienas assustadas, ofegantes. Raspando as unhas sobre as lápides, vieram até ele e o cheiravam com um esgar que deixava as gengivas à mostra. Ele desembainhou o sabre. Partiram de uma vez em todas as direções e, continuando num galope coxo e precipitado, perderam-se ao longe sob uma nuvem de pó.

Uma hora mais tarde, encontrou numa ravina um touro furioso, que abaixava os chifres e raspava a areia com a pata. Julião assestou sua lança entre as barbelas. Ela se quebrou, como se o animal fosse de bronze; ele fechou os olhos, esperando a morte. Quando os reabriu, o touro havia desaparecido.

Então seu ânimo desabou de vergonha. Um poder superior minava sua força; e, para voltar a casa, entrou de novo na floresta.

Ela se emaranhara de lianas; e Julião as cortava com o sabre quando uma fuinha deslizou bruscamente entre suas pernas, uma pantera saltou por cima de seus ombros, uma serpente subiu em espiral ao redor de um freixo.

Havia em meio à folhagem uma gralha monstruosa, que fitava Julião; cá e lá, surgiram entre os ramos inúmeras centelhas alongadas, como se o firmamento fizesse chover sobre a floresta todas as suas estrelas. Eram olhos de animais, gatos selvagens, esquilos, corujas, papagaios, macacos.

Julião disparou contra eles suas flechas; as flechas e suas plumas pousavam sobre as folhas como borboletas brancas. Atirou-lhes pedras; as pedras, sem nada atingir, voltavam a cair. Ele praguejou contra si mesmo, gostaria de lutar, berrou imprecações, sufocava de fúria.

E todos os animais que ele perseguira apresentaram-se, fazendo a seu redor um círculo estreito. Uns estavam sentados, outros em pé, com todo seu porte. Ele ficava no meio, enregelado de terror, incapaz do menor movimento. Num esforço supremo da vontade, deu um passo; os que estavam empoleirados nas árvores abriram as asas, os que pisavam a terra deslocaram as patas; e todos o acompanhavam.

As hienas andavam à frente, o lobo e o javali vinham atrás. O touro, a sua direita, balançava a cabeça; e, à esquerda, a serpente ondulava na relva, enquanto a pantera, arqueando o dorso, avançava com passos de veludo e grandes pernadas. Ele seguia o mais lentamente possível para não os irritar; e do fundo das moitas via sair porcos-espinhos, raposas, cobras, chacais e ursos.

Julião pôs-se a correr; eles correram. A serpente sibilava, os animais fétidos babavam. O javali roçava-lhe os calcanhares com as presas, o lobo, a palma de suas mãos com os pêlos do focinho. Os macacos o beliscavam, fazendo caretas, a fuinha rolava entre seus pés. Um urso, com o dorso da pata, tirou-lhe o chapéu; e a pantera, desdenhosamente, deixou cair uma flecha que trazia na bocarra.

Uma ironia transparecia em seu ar ladino. Sem deixar de observá-lo com o canto dos olhos, pareciam meditar um plano de vingança; e, ensurdecido pelo zumbido dos insetos, fustigado pelas caudas dos pássaros, sufocado pelo bafo, ele caminhava com os braços estendidos e os olhos fechados, como um cego, sem força sequer para gritar "Misericórdia!".

O canto de um galo vibrou no ar. Outros responderam; era o dia; e ele reconheceu, além das laranjeiras, a cumeeira do palácio.

Depois, à beira de um campo, viu a três passos algumas perdizes vermelhas que esvoaçavam sobre o restolho. Soltou o manto e o jogou sobre elas como uma rede. Quando as descobriu, encontrou uma apenas, e morta havia muito tempo, apodrecida.

Essa decepção o exasperou mais que todas as outras; na falta de animais, gostaria de massacrar homens.

Subiu pelos três canteiros, esmurrou na porta; mas, ao pé da escadaria, a lembrança de sua cara esposa acalmou-lhe o coração. Ela dormia, sem dúvida, e ele faria uma surpresa.

Tendo descalçado suas sandálias, girou suavemente a maçaneta e entrou.

Os vitrais com armação de chumbo obscureciam a palidez da aurora. Julião tropeçou em roupas jogadas no chão; pouco adiante, deu de encontro num ábaco ainda carregado de louça. "Com certeza ela andou comendo", disse consigo; e avançava rumo à cama, perdida na trevas ao fundo do quarto. Quando chegou perto, a fim de abraçar a esposa, ele se inclinou sobre o travesseiro, onde duas cabeças repousavam, uma junto à outra. Então, sentiu na boca o contato de uma barba.

Recuou, julgando-se louco; mas aproximou-se novamente da cama, e seus dedos, apalpando, encontraram cabelos que eram muito longos. Para se convencer de seu erro, repassou a mão sobre o travesseiro, lentamente. Dessa vez, ali estava a barba, e um homem! Um homem deitado com sua esposa!

Irrompendo numa cólera desmesurada, saltou sobre eles com golpes de punhal: e pateava, espumava, com uivos de animal selvagem. Então se deteve. Os mortos, golpeados no coração, não tinham sequer se movido. Escutava atentamente seus estertores quase iguais e, à medida que enfraqueciam, um outro, bem distante, prolongava-os. De início incerta, essa voz lamuriosa, funda, aproximava-se, ganhava corpo, tornou-se cruel; e ele reconheceu, horrorizado, o bramido do grande cervo negro.

E assim que se virou, julgou ver, no vão da porta, o fantasma de sua esposa, trazendo alguma luz.

Fora atraída pelo vozerio da matança. Num relance, compreendeu tudo e, fugindo aterrorizada, deixou cair sua tocha.

Ele a recolheu do chão.

Seu pai e sua mãe estavam a sua frente, estendidos de costas, com um buraco no peito; e suas faces, de uma suavidade majestosa, pareciam guardar algum segredo eterno. Respingos e placas de sangue se espalhavam sobre sua pele branca, nas roupas de cama, pelo chão, em todo um Cristo de marfim suspenso na alcova. O reflexo escarlate do vitral, agora ensolarado, iluminava essas manchas vermelhas e projetava outras mais em todo o aposento. Julião foi até os dois mortos, dizendo e querendo acreditar que aquilo não era possível, que ele se enganara, que por vezes há semelhanças inexplicáveis. Por fim, inclinou-se levemente para olhar o velho bem de perto; e percebeu, entre as pálpebras mal cerradas, uma pupila extinta que o queimou como um fogo. Depois, foi até o outro lado da cama, ocupada pelo outro corpo, cujos cabelos brancos escondiam uma parte do rosto. Julião passou os dedos por seus cachos, levantou sua cabeça; e fitava-a, sustentando-a com o braço enrijecido, enquanto a outra mão a iluminava com a tocha. Algumas gotas, porejando no colchão, caíam uma a uma sobre o piso.

Ao fim do dia, apresentou-se à esposa; e, com uma voz diferente da sua, ordenou-lhe primeiro que não respondesse, não se aproximasse, não olhasse, e que seguisse, sob pena de danação, todas as suas ordens, que eram irrevogáveis.

Os funerais seriam conduzidos segundo as instruções que

ele deixara por escrito, sobre um genuflexório, no quarto dos mortos. Deixava para ela o palácio, os vassalos, todos os seus bens, sem guardar sequer as roupas do corpo e as sandálias, que se encontrariam no alto da escadaria.

Ela obedecera à vontade de Deus, ocasionando o seu crime, e devia rezar apenas por sua alma, pois dali em diante ele não existia mais.

Enterraram os mortos com magnificência, na igreja de um monastério a três dias de jornada do castelo. Um monge encapuzado seguiu o cortejo, longe de todos os outros, sem que ninguém ousasse lhe falar.

Durante a missa, ele ficou de bruços no meio do portal, os braços em cruz e a fronte na poeira.

Após o sepultamento, viram-no tomar o caminho que levava às montanhas. Ele se voltou várias vezes, e acabou por desaparecer.

III

Ele partiu, mendigando a vida pelo mundo.

Estendia a mão aos cavaleiros nas estradas, aproximava-se com vênias dos ceifadores ou ficava imóvel diante do portão das granjas; e seu rosto era tão triste que jamais lhe recusavam a esmola.

Por espírito de humildade, ele contava sua história; todos fugiam, fazendo sinais-da-cruz. Assim que o reconheciam nas aldeias por onde já passara, as portas se fechavam, gritavam-lhe ameaças, jogavam pedras. Os mais caridosos deixavam uma escudela no beiral da janela, depois fechavam os batentes para não vê-lo.

Repelido em toda parte, evitou os homens; e se alimentou de raízes, de plantas, de frutos caídos e de moluscos que procurava pelas praias.

Por vezes, contornando uma colina, via sob seus olhos uma confusão de telhados apertados, com flechas de pedra, pontes, torres, ruas escuras entrecruzando-se, de onde chegava até ele um zumbido contínuo.

A necessidade de se misturar à existência dos outros fazia-o descer à cidade. Mas o ar bestial dos rostos, o barulho das vendas, a indiferença das palavras enregelavam seu coração. Nos dias de festa, quando o sino maior das catedrais alegrava desde a aurora todo o povaréu, ele via os habitantes saírem de suas casas, as danças nas praças, as barracas de cerveja nos cruzamentos, as tapeçarias de damasquim diante da residência dos príncipes e, já de noite, através das vidraças ao rés-do-chão, as longas mesas de família, onde os avós seguravam criancinhas no colo; soluçava até sufocar, e retornava aos campos.

Contemplava com ímpetos amorosos os potros nas pastagens, os pássaros nos ninhos, os insetos sobre as flores; todos, a sua chegada, corriam para longe, escondiam-se apavorados, esvoaçavam bem rápido.

Procurou os ermos. Mas o vento trazia a seu ouvido o que pareciam estertores de agonia; as lágrimas do orvalho, ao caírem por terra, lembravam-lhe outras gotas, bem mais pesadas. O sol, a cada crepúsculo, espalhava sangue pelas nuvens; e toda noite, em sonho, o parricídio recomeçava.

Fez para si um cilício com pontas de ferro. Subiu de joelhos todas as colinas com uma capela no cume. Mas o pensamento impiedoso obscurecia o esplendor dos tabernáculos, torturava-o durante as macerações da penitência.

Não se revoltava contra Deus, que lhe infligira tal ação, e contudo desesperava-se por ter podido cometê-la.

Sua própria pessoa causava-lhe tanto horror que, esperando livrar-se dela, colocou-a em perigo. Salvou paralíticos em incêndios e crianças em precipícios. O abismo rejeitava-o, as chamas poupavam-no.

O tempo não amenizou seu sofrimento, que se tornava intolerável. Resolveu morrer.

E um dia, à beira de uma fonte, inclinando-se para estimar a profundidade da água, viu aparecer a sua frente um velho todo descarnado, de barba branca e aspecto tão lamentável que lhe foi impossível conter as lágrimas. O outro também chorava. Sem reconhecer sua própria imagem, Julião recordava confusamente um rosto parecido àquele. Soltou um grito; era seu pai; não pensou mais em se matar.

Assim, carregando o peso das lembranças, percorreu muitos países; e chegou a um rio cuja travessia era perigosa, por causa de sua violência e dos grandes lamaçais às margens. Havia muito tempo que ninguém mais ousava atravessar ali.

Uma velha barca, de popa encalhada, erguia a proa entre os caniços. Examinando-a, Julião descobriu um par de remos; e veio-lhe a idéia de empregar sua existência a serviço dos outros.

Começou praticando na margem uma espécie de pavimento que permitia a descida até o canal; e machucava as unhas levantando pedras enormes, apoiava-as no ventre para transportá-las, escorregava na lama, atolava-se, várias vezes escapou de morrer.

Em seguida, reparou o barco com destroços de outras embarcações e fez para si uma cabana de barro e troncos de árvores.

A passagem ficou conhecida, os viajantes apareceram. Chamavam-no da outra margem agitando bandeiras; Julião saltava rápido para a barca. Era muito pesada, e a sobrecarregavam com todo tipo de bagagens e fardos, sem contar os animais de carga que, escoiceando de medo, aumentavam o estorvo. Julião não pedia nada pelo esforço; às vezes lhe davam restos de vitualhas que tiravam do embornal ou roupas usadas que não queriam mais. Os mais brutos vociferavam blasfêmias. Julião repreendia-os com mansidão; e retrucavam-lhe com injúrias. Contentava-se em abençoá-los.

Uma mesinha, um escabelo, uma cama de folhas mortas e três copos de barro, era essa toda a sua mobília. Dois buracos na parede serviam de janelas. De um lado, estendiam-se a perder de vista planícies estéreis, com charcos pálidos aqui e ali; e o grande rio a sua frente ondulava as águas esverdeadas. Na primavera, a terra úmida tinha um cheiro de podridão. Depois, um vento desordenado levantava a poeira em turbilhões. Ela entrava por toda parte, turvava a água, arranhava as gengivas. Um pouco mais tarde, vinham as nuvens de mosquitos, cujos sussurros e picadas não paravam, dia e noite. Em seguida, chegavam as atrozes geadas, que davam às coisas a rigidez da pedra e inspiravam uma vontade irrefreável de comer carne.

Passavam-se meses sem que Julião visse alguém. Muitas vezes ele fechava os olhos, tratando, por meio da memória, de retornar à juventude; e aparecia o pátio de um castelo, com lebréus numa escadaria, valetes na sala de armas e, sob uma latada de videiras, um adolescente de cabelos loiros entre um velho coberto de peles e uma dama de capelina larga; de repente, os dois cadáveres surgiam ali. Julião atirava-se na cama, e repetia em lágrimas:

– Ah, pobre pai! Pobre mãe, pobre mãe! – e caía num torpor em que as visões fúnebres continuavam.

Certa noite, enquanto dormia, julgou ouvir alguém que o chamava. Aprumou o ouvido e não distinguiu mais que o mugir das águas.

Mas a mesma voz repetiu:

– Julião!

Vinha da outra margem, o que lhe pareceu extraordinário, em vista da largura do rio.

Chamaram-no pela terceira vez:

– Julião!

E essa voz alta tinha a entoação de um sino de igreja.

Tendo acendido a lanterna, Julião saiu da cabana. Uma tempestade furiosa tomava a noite. As trevas eram profundas, aqui e ali rasgadas pela brancura das ondas que se erguiam.

Após um minuto de hesitação, Julião desatou a amarra. A água de repente ficou tranqüila, o barco deslizou e tocou a outra margem, onde um homem esperava.

Estava envolto num pano em farrapos, o rosto semelhante a uma máscara de gesso e os dois olhos mais rubros que carvões. Aproximando a lanterna, Julião percebeu que uma lepra horrenda o cobria; apesar disso, tinha no porte a majestade de um rei.

Tão logo entrou, o barco afundou prodigiosamente, esmagado pelo peso; reergueu-se num solavanco; e Julião pôs-se a remar.

A cada golpe de remo, a ressaca levantava a proa. A água, mais negra que tinta, corria com fúria dos dois lados do barco. Ela abria abismos, formava montanhas, e a barca saltava e tornava a descambar nas profundezas, onde girava, sacudida pelo vento.

Julião inclinava o corpo, estendia os braços e, firmando-se com os pés, jogava-se para trás com uma torsão da coluna, para ganhar mais força. O granizo açoitava suas mãos, a chuva escorria por suas costas, a violência do ar sufocava-o; deteve-se. O barco ficou então à deriva. Entretanto, compreendendo que se tratava de uma coisa considerável, de uma ordem à qual não cabia desobedecer, retomou os remos; e o estalar da forqueta entrecortava o clamor da tempestade.

A pequena lanterna ardia a sua frente. Alguns pássaros esvoaçantes ocultavam-na de vez em quando. Mas ele percebia sempre as pupilas do leproso, que se mantinha rijo na popa, imóvel como uma coluna.

E isso durou muito, muito tempo!

Quando chegaram à cabana, Julião fechou a porta e o viu sentado no escabelo. A espécie de mortalha que o recobria caíra até seus quadris; e seus ombros, seu peito, seus braços magros desapareciam sob as placas de pústulas escamosas. Rugas enormes sulcavam seu rosto. Como um esqueleto, tinha um buraco no lugar do nariz; e seus lábios azulados exalavam um hálito espesso como um nevoeiro e nauseabundo.

– Tenho fome! – disse ele.

Julião deu-lhe o que tinha, um velho naco de toicinho e as migalhas de um pão preto.

Quando acabou de devorá-los, a mesa, a escudela e o cabo da faca tinham as mesmas manchas que se viam sobre seu corpo.

Em seguida, disse:

– Tenho sede!

Julião foi procurar a bilha; e, quando a levantou, saiu dela um aroma que dilatou seu coração e suas narinas. Era vinho, que achado! Mas o leproso estendeu o braço e de uma só vez esvaziou a bilha.

Depois, disse:

– Tenho frio!

Julião, com uma vela, acendeu um feixe de gravetos no meio da cabana.

O leproso veio se aquecer; e, de cócoras, estremecia com todos os membros, enfraquecia; seus olhos não brilhavam mais, suas chagas pustulavam, e ele murmurou, com voz quase extinta:

– Tua cama!

Julião ajudou-o suavemente a se arrastar e até estendeu sobre ele, para cobri-lo, a lona do barco.

O leproso gemia. Os cantos de sua boca deixavam os dentes à mostra, um estertor acelerado sacudia-lhe o peito, e seu ventre, a cada expiração, afundava-se até as vértebras.

Depois ele fechou as pálpebras.

– É como se tivesse gelo nos ossos! Vem para junto de mim!

E Julião, afastando a lona, deitou-se sobre as folhas mortas, junto a ele, lado a lado.

O leproso voltou-se.

– Despe-te para que eu tenha o calor do teu corpo!

Julião tirou suas vestes; em seguida, nu como no dia de seu nascimento, voltou à cama; e sentia contra sua coxa a pele do leproso, mais fria que uma serpente e áspera como uma lima.

Tratava de encorajá-lo; e o outro respondia arfando:

– Ah, vou morrer! Aproxima-te, vem me esquentar! Não com as mãos! Não! Todo o corpo!

Julião estendeu-se por cima completamente, boca na boca, peito no peito.

Então o leproso abraçou-o; e seus olhos subitamente ganharam uma claridade de estrelas; seus cabelos alongaram-se como raios de sol; o sopro de suas narinas tinha a suavidade das rosas; uma nuvem de incenso elevou-se do fogo, as águas cantavam. Enquanto isso, uma abundância de delícias, uma felicidade sobre-humana descia como uma inundação sobre a alma de Julião desfalecido; e aquele cujos braços o estreitavam não parava de crescer e crescer, tocando com a cabeça e os pés as duas paredes da cabana. O teto se foi, o firmamento se abria; e Julião subiu aos espaços azuis, face a face com Nosso Senhor Jesus Cristo, que o levava ao céu.

Eis aqui a história de São Julião Hospitaleiro, mais ou menos como se encontra num vitral de igreja da minha terra.

Herodíade

I

A cidadela de Maqueros erguia-se a oriente do Mar Morto, sobre um pico de basalto em forma de cone. Quatro vales profundos a cercavam, dois pelos flancos, um em frente, o quarto pelo lado oposto. Casas se amontoavam junto à base, no círculo formado pelo muro que ondulava conforme os desníveis do terreno; e, por um caminho em ziguezague talhado no rochedo, a cidade se ligava à fortaleza, cujas muralhas tinham cento e vinte côvados de altura, numerosos ângulos, ameias na beirada e, aqui e ali, torres que pareciam florões daquela coroa de pedras suspensa por cima do abismo.

Havia no interior um palácio ornado de pórticos, encimado por um terraço fechado por uma balaustrada de madeira de sicômoro com mastros dispostos para se estender um velário.

Certa manhã, antes de clarear, o Tetrarca Herodes Antipas veio se debruçar ali e se pôs a olhar.

As montanhas logo abaixo começavam a mostrar as cristas, enquanto sua massa, até o fundo dos abismos, permanecia na sombra. Um nevoeiro flutuava, rasgou-se, e os contornos do Mar Morto apareceram. A aurora, que se erguia por trás de Maqueros, expandia-se em vermelho. Logo iluminou as areias da praia, as colinas, o deserto e, mais longe, todos os montes da Judéia, que inclinavam suas superfícies rugosas e cinzentas. Engadi, no meio, traçava um risco negro; Hebron, mais ao fundo, arredondava-se em domo; Escol tinha romãzeiras, Sorek, vinhedos, Carmel, campos de sésamo; e a torre Antônia, com seu cubo monstruoso, dominava Jerusalém. O Tetrarca desviou a vista para contemplar, à direita, as palmeiras de Jericó; e pensou nas outras cidades de sua Galiléia: Cafarnaum, Endor, Nazaré, Tiberíade, para onde talvez não voltasse mais. Enquanto isso, o Jordão corria pela planície árida. Toda branca, ela resplandecia como um manto de neve. O lago, agora, parecia de lápis-lazúli; e na sua ponta meridional, do lado do Iêmen, Antipas reconheceu o que temia ver. Tendas pardas espalhavam-se ali; homens com lanças circulavam entre cavalos, e fogueiras quase apagadas brilhavam como chispas ao rés do chão.

Eram as tropas do rei dos Árabes, cuja filha ele repudiara para esposar Herodíade, casada com um de seus irmãos, que vivia na Itália sem pretensões ao poder.

Antipas esperava o socorro dos Romanos; e como Vitélio, governador da Síria, tardava a aparecer, ele se roía de inquietações.

Agripa certamente o teria arruinado junto ao Imperador? Felipe, seu terceiro irmão, soberano da Batanéia, armava-se clandestinamente. Os Judeus não suportavam mais seus costumes idólatras, nem os outros, a sua dominação; de modo que hesitava entre dois projetos: apaziguar os Árabes ou concluir uma aliança com os Partas; e, sob o pretexto de comemorar seu aniversário, convidara para uma grande festa, nesse mesmo dia, os chefes de suas tropas, os intendentes de suas terras e os notáveis da Galiléia.

Esquadrinhou com um olhar aguçado todas as estradas. Estavam desertas. Águias voavam sobre a sua cabeça; os soldados, ao longo das fortificações, dormiam encostados às paredes; nada se mexia no castelo.

De repente, uma voz longínqua, como saída das profundezas da terra, fez o Tetrarca empalidecer. Inclinou-se para escutar: desaparecera. Recomeçou; e, batendo palmas, ele gritou: "Manaei! Manaei!".

Um homem se apresentou, nu até a cintura, como os massagistas das termas. Era muito alto, velho, descarnado, e levava sobre a coxa uma faca numa bainha de bronze. A cabeleira, erguida por um pente, exagerava o tamanho da testa. Uma sonolência descoloria seus olhos, mas os dentes brilhavam, os dedos dos pés pousavam levemente sobre as lajes, todo o seu corpo tinha a ligeireza de um macaco, e o rosto era impassível como uma múmia.

– Onde ele está? – perguntou o Tetrarca.

Manaei respondeu, apontando com o polegar para alguma coisa atrás deles:

– Continua lá!

– Parece que o ouvi!

E Antipas, após respirar profundamente, informou-se de Iokanaan, o mesmo que os latinos chamam de São João Batista. Alguém tornara a ver aqueles dois homens admitidos por indulgência ao calabouço no mês anterior, alguém descobrira o que queriam?

Manaei replicou:

– Trocaram com ele palavras misteriosas, como os ladrões, à noite, nas encruzilhadas. Em seguida partiram para a Alta Galiléia, anunciando que trariam uma grande notícia.

Antipas baixou a cabeça e, com ar de espanto:

– Vigia! Vigia! E não deixe ninguém entrar! Fecha bem a porta! Cobre o fosso! Não se deve nem suspeitar que ele vive!

Sem ter recebido essas ordens, ele as cumpria; pois Iokanaan era Judeu, e Manaei execrava os Judeus, como todos os Samaritanos.

O seu templo de Garizim, designado por Moisés para ser o centro de Israel, não existia mais desde o tempo do rei Hircano; e o de Jerusalém os enfurecia como uma ofensa e uma injustiça permanente. Manaei introduzira-se ali, a fim de profanar o altar com ossos de mortos. Seus companheiros, menos rápidos, foram decapitados.

Ele o avistou no vão entre duas colinas. O sol fazia resplandecer as muralhas de mármore branco e as lâminas de ouro do telhado. Era como uma montanha luminosa, algo de sobre-humano, esmagando tudo com sua opulência e seu orgulho.

Então Manaei estendeu os braços para o lado de Sion e, com o corpo aprumado, o rosto para trás, os punhos fechados, lançou um anátema, acreditando que as palavras tivessem um poder efetivo.

Antipas escutava, sem se mostrar escandalizado.

O Samaritano disse ainda:

– Às vezes ele se agita, gostaria de fugir, espera uma libertação. Outras vezes tem o ar tranqüilo de um animal ferido; ou então eu o vejo caminhar nas trevas, repetindo: "Que importa? Para que ele cresça, é preciso que eu diminua!".

Antipas e Manaei se olharam. Mas o Tetrarca estava cansado de pensar.

Todos aqueles montes à sua volta, como camadas de vagalhões petrificados, os precipícios negros no flanco das falésias, a imensidão do céu azul, o fulgor violento do dia, a profundidade dos abismos, tudo o afligia; uma desolação o invadia diante do espetáculo do deserto, que figura, na convulsão de suas terras, anfiteatros e palácios em ruínas. O vento quente parecia trazer, com o cheiro do enxofre, a exalação das cidades malditas, sepultadas abaixo dos rios, sob as águas pesadas. Essas marcas de uma cólera imortal aterrorizavam seus pensamentos; e ele continuava ali, os cotovelos sobre a balaustrada, os olhos fixos e as têmporas entre as mãos. Alguém o tocou. Voltou-se. Herodíade estava à sua frente.

Uma túnica de púrpura leve a envolvia até as sandálias. Tendo saído precipitadamente do quarto, não usava nem colar nem pingentes; uma trança de cabelo preto caía sobre um braço, a ponta se afundava entre os seios. As narinas, repuxadas demais, palpitavam; a alegria de um triunfo iluminava seu rosto; e, com voz forte, sacudindo o Tetrarca:

– César nos quer bem! Agripa está na prisão.

– Quem te contou?

– Eu sei!

E acrescentou:

– Foi por ter desejado o Império para Caio!

Mesmo vivendo das esmolas deles, disputara o título de rei, que os dois ambicionavam igualmente. Mas nada de temores no futuro! "Os calabouços de Tibério dificilmente se abrem, e lá dentro a existência por vezes não é segura!"

Antipas a compreendeu; e, embora fosse a irmã de Agripa, sua intenção atroz lhe pareceu justificada. Tais crimes eram uma decorrência das coisas, uma fatalidade das casas reais. Na de Herodes, já nem se contavam mais.

Em seguida, ela revelou suas manobras: os servidores comprados, as cartas roubadas, os espiões por toda parte, e ainda como havia conseguido seduzir Eutiques, o denunciador. "Nada me parecia custoso! Não fiz muito mais por ti? Abandonei minha filha!".

Depois do divórcio, deixara a criança em Roma, esperando ter outros filhos com o Tetrarca. Nunca falava dela. Ele se perguntou o porquê desse acesso de ternura.

O velário foi estendido e prontamente se trouxeram grandes almofadas para perto deles. Herodíade deixou-se cair sobre elas, e chorava, dando as costas. Depois passou as mãos sobre as pálpebras, disse que não queria mais pensar naquilo, que estava feliz; e recordou as conversas em Roma, no átrio, os encontros nas termas, os passeios ao longo da Via Sacra, e as noites nas grandes vilas, ao murmúrio das fontes, sob arcos de flores, diante da campina romana. Ela o olhava como em outros tempos, roçando-se no peito dele, com gestos meigos. Ele a repeliu. O amor que ela tentava reanimar estava tão longe agora! Dele provinham todas as suas desgraças: pois havia quase doze anos que a guerra continuava. Ela envelhecera o Tetrarca. Seus ombros se curvavam sob a toga escura, com bordados em violeta; o cabelo branco se misturava à barba, e o sol, que atravessava o toldo, banhava de luz a testa abatida. Na de Herodíade também havia rugas; e, um de frente para o outro, observavam-se com ar feroz.

Os caminhos na montanha começaram a se povoar. Pastores tocavam bois, crianças puxavam burros, palafreneiros conduziam cavalos. Os que desciam das terras altas mais além de Maqueros desapareciam por trás do castelo; outros subiam a ravina em frente e, chegando à cidade, descarregavam as bagagens nos pátios. Eram os provedores do Tetrarca e os criados que precediam os convivas.

Mas, no fundo do terraço, à esquerda, apareceu um Essênio em trajes brancos, descalço, o ar estóico. Manaei, do lado direito, precipitara-se erguendo a faca.

Herodíade gritou:

– Mata-o!

– Pára! – disse o Tetrarca.

Ele ficou imóvel; o outro também.

E os dois se retiraram, cada um por uma escada diferente, recuando sem se perderem de vista.

– Eu o conheço! – disse Herodíade. – Chama-se Fanuel e quer ver Iokanaan, já que cometes a cegueira de mantê-lo vivo.

Antipas argumentou que ele podia servir, algum dia. Seus ataques contra Jerusalém permitiam-lhe ganhar o resto dos Judeus.

– Não! – ela retomou. – Eles aceitam qualquer mestre, não são capazes de formar uma pátria! – e quanto àquele que agitava o povo com esperanças alimentadas desde o tempo de Neemias, a melhor política era suprimi-lo.

Não havia pressa, segundo o Tetrarca. Iokanaan, perigoso! Ora essa! Fingiu um riso.

– Cala-te! – e ela tornou a falar de sua humilhação, um dia que ia até Galaad para a colheita de bálsamo. – Na margem do rio, algumas pessoas se vestiam. Num montículo ao lado, um homem falava. Tinha uma pele de camelo à cintura, e a cabeça parecia a de um leão. Assim que me avistou, cuspiu contra mim todas as maldições dos profetas. As pupilas flamejavam; a voz rugia; levantava os braços, como para empunhar um trovão. Impossível fugir! As rodas do meu carro se enfiaram na areia até os eixos; e eu me distanciava lentamente, escondida sob o manto, congelada por essas injúrias que caíam como uma tempestade.

Iokanaan a impedia de viver. Quando o capturaram e o amarraram, os soldados tinham ordem de o apunhalar, caso resistisse; ele se mostrara dócil. Soltaram serpentes em sua cela; todas morreram.

A inutilidade dessas emboscadas exasperava Herodíade. Além disso, por que a guerra contra ela? Que interesse o movia? Seus discursos, gritados às multidões, espalharam-se, circulavam; ela os ouvia por toda parte, enchiam o ar. Contra legiões ela teria tido bravura. Mas essa força mais perniciosa que os gládios, e que não se podia atingir, era aterradora; e ela percorria o terraço, lívida de cólera, sem palavras para exprimir o que a sufocava.

Pensava também que o Tetrarca, cedendo ao falatório, tentaria talvez repudiá-la. Então tudo estaria perdido! Desde a infância alimentava o sonho de um grande império. Fora para tê-lo que, abandonando o primeiro marido, juntara-se a esse, que a tinha ludibriado, pensava ela.

– Que belo apoio consegui, entrando para a tua família!

– Ela bem vale a tua! – disse simplesmente o Tetrarca.

Herodíade sentiu ferver nas veias o sangue de sacerdotes e reis, seus antepassados.

– Mas teu avô varria o templo de Ascalon! Os outros eram pastores, bandidos, condutores de caravanas, uma horda tributária de Judá desde os tempos do rei Davi! Todos os meus ancestrais derrotaram os teus! O primeiro dos Macabeus expulsou-os de Hebron, Hircano impôs a circuncisão! – e, exalando o desprezo da patrícia pelo plebeu, o ódio de Jacó contra Edom, censurou-lhe com veemência a indiferença às ofensas, a frouxeza com os Fariseus que o traíam, a covardia diante do povo que a detestava. – És como ele, confessa! E sentes falta dessa moça árabe que dança em volta das pedras. Toma-a de novo! Vai viver com ela numa casa de lona! Devora aquele pão cozido sob a cinza! Engole o leite coalhado das ovelhas! Beija aquelas faces azuis! Quero que me esqueças!

O Tetrarca não escutava mais. Olhava o terraço de uma casa, onde havia uma moça e uma velha que segurava um guarda-sol com cabo de junco, comprido como a vara de um pescador. No meio de um tapete, um grande cesto de viagem permanecia aberto. Cintos, véus, pingentes de ourivesaria transbordavam confusamente. A moça, de tanto em tanto, inclinava-se sobre essas coisas e as sacudia no ar. Vestia, como as romanas, uma túnica calamistrada com um peplo cheio de esmeraldas; e correntes azuis prendiam-lhe o cabelo, certamente pesado demais, pois vez e outra levava a mão até ele. A sombra do guarda-sol passeava sobre ela, escondendo parte do corpo. Antipas avistou duas ou três vezes o pescoço delicado, o ângulo de um olho, o canto de uma boca pequena. Mas via, dos quadris à nuca, todo o torso que se curvava para logo se aprumar de maneira elástica. Ele espiava a repetição desse momento, e sua respiração ficava mais forte; chamas se acendiam em seus olhos. Herodíade observava-o.

Ele perguntou:

– Quem é?

Ela disse não saber, e foi-se embora, subitamente calma.

O Tetrarca era esperado sob os pórticos por alguns Galileus, o mestre das escrituras, o chefe das pastagens, o administrador das salinas e um Judeu da Babilônia que comandava seus cavaleiros. Todos o saudaram com uma aclamação. Em seguida, sumiu-se para os aposentos interiores.

Fanuel surgiu no ângulo de um corredor.

– Ah! De novo? Vens por Iokanaan, não é?

– E por ti! Tenho de revelar uma coisa importante.

E, sem se afastar de Antipas, entrou com ele num cômodo escuro.

A luz entrava por uma treliça, avançando ao longo da cornija. As muralhas eram pintadas de uma cor grená, quase preta.

Ao fundo se estendia uma cama de ébano, com tiras de couro de boi. Um escudo dourado, por cima, brilhava como um sol.

Antipas atravessou toda a sala, deitou-se na cama.

Fanuel estava em pé. Ergueu o braço e, num gesto inspirado:

– O Altíssimo por vezes envia um de seus filhos. Iokanaan é um deles. Se tu o oprimires, serás castigado.

– É ele que me persegue! – exclamou Antipas. – Exigiu de mim uma ação impossível. Desde então ele me tortura. E eu não era duro, no começo! Chegou a enviar daqui uns homens que agitavam minhas províncias. Desgraçado seja! Ele me ataca, eu me defendo!

– Suas cóleras são violentas demais – replicou Fanuel. – Não importa! É preciso libertá-lo.

– Não se soltam animais furiosos! – disse o Tetrarca.

O Essênio respondeu:

– Não te preocupes! Ele irá ter com os Árabes, os Gauleses, os Citas. Sua obra deve se estender até os confins da terra!

Antipas parecia perdido numa visão.

– Seu poder é forte! Apesar de tudo, gosto dele!

– Então, será libertado?

O Tetrarca abanou a cabeça. Temia Herodíade, Manaei e o desconhecido.

Fanuel tratou de persuadi-lo, alegando, como garantia de seus projetos, a submissão dos Essênios aos reis. Todos respeitavam aqueles homens pobres, irredutíveis aos suplícios, vestidos de linho e que liam o futuro nas estrelas.

Antipas lembrou-se do que o outro dissera havia pouco.

– Que coisa é essa que me anunciavas como importante?

Um negro apareceu. Seu corpo estava branco de poeira. Ofegava e só pôde dizer:

– Vitélio!

– Como? Está chegando?

– Eu o vi. Em menos de três horas estará aqui!

As portinholas dos corredores pareceram se agitar ao vento. Um rumor encheu o castelo, um tumulto de gente que corria, móveis arrastados, pratarias desabando; e, do alto das torres, trombetas soavam para advertir os escravos dispersos.

II

As muralhas estavam cobertas de gente quando Vitélio entrou no pátio. Apoiava-se ao braço do intérprete, seguido por uma grande liteira vermelha, ornada de penachos e espelhos, vestindo a toga, o laticlavo, os coturnos de cônsul, com os litores à sua volta.

Estes plantaram contra a porta os doze feixes de varas amarradas por uma correia, com um machado no meio. Então, todos estremeceram diante da majestade do povo romano.

A liteira, que oito homens manobravam, fez alto. Dela saiu um adolescente, o ventre avultado, o rosto manchado, os dedos cobertos de pérolas. Ofereceram-lhe uma taça cheia de vinho e arômatas. Bebeu-a e exigiu uma segunda.

O Tetrarca tinha caído aos pés do Procônsul, triste, dizia, por não ter se inteirado antes do favor de sua presença. De outro modo, teria disposto pelos caminhos tudo o que era necessário aos Vitélios. Descendiam da deusa Vitélia. Uma estrada que levava do Janículo ao mar trazia ainda seu nome. As questuras, os consulados eram inumeráveis na família; e quanto a Lúcio, agora seu hóspede, devia-lhe graças como vencedor dos Clitos e pai do jovem Aulo, que parecia retornar a seus domínios, uma vez que o Oriente era a pátria dos deuses. Essas hipérboles foram proferidas em latim. Vitélio aceitou-as impassivelmente.

Respondeu que o grande Herodes bastava à glória de uma nação. Os atenienses tinham-lhe dado a super-intendência dos Jogos Olímpicos. Construíra templos em honra de Augusto, fora paciente, engenhoso, terrível e sempre fiel aos Césares.

Entre as colunas com capitéis de bronze, avistou-se Herodíade que avançava com ar de imperatriz, entre mulheres e eunucos carregando perfumes acesos sobre bandejas de prata dourada.

O Procônsul deu três passos ao seu encontro; e, quando a saudou com uma inclinação de cabeça:

– É uma felicidade – exclamou ela – que de agora em diante, Agripa, o inimigo de Tibério, não possa mais causar dano!

Ele ignorava o acontecimento, ela lhe pareceu perigosa; e como Antipas jurava que faria tudo pelo imperador, Vitélio acrescentou: "Mesmo em detrimento dos outros?"

Vitélio tomara reféns do rei dos Partas, mas o imperador nem pensava mais nisso; pois Antipas, presente ao encontro, tinha expedido sem demora a notícia, para se dar importância. Daí um ódio profundo, e a demora em fornecer socorro.

O Tetrarca balbuciou. Mas Aulo disse, rindo:

– Calma, eu te protejo.

O Procônsul fingiu que não ouvira. A fortuna do pai dependia da imundície do filho, e aquela flor do lodo de Cáprea proporcionava-lhe benefícios tão consideráveis que ele o cercava de atenções, sempre desconfiando, pois era venenoso.

Um tumulto cresceu sob a porta. Fizeram entrar uma fila de mulas brancas, montadas por personagens com vestes de sacerdote. Eram Saduceus e Fariseus, que a mesma ambição levava a Maqueros, os primeiros por quererem o privilégio dos sacrifícios, os outros, para conservá-lo. Seus rostos eram sombrios, os dos Fariseus sobretudo, inimigos de Roma e do Tetrarca. As abas de suas túnicas estorvavam-nos no tumulto; e os capuzes cônicos oscilavam-lhes sobre a testa, por cima das tiras de pergaminho cobertas de escritos.

Quase ao mesmo tempo, chegaram alguns soldados da vanguarda. Tinham metido os escudos em sacos, por precaução contra a poeira; e atrás deles estava Marcelo, lugar-tenente do Procônsul, com publicanos que apertavam tabuletas de madeira sob as axilas.

Antipas nomeou os principais de sua comitiva: Tolmai, Kantera, Seon, Amônio de Alexandria, que lhe comprava asfalto, Naaman, capitão de seus infantes, Iassim, o Babilônio.

Vitélio tinha notado Manaei.

– Aquele ali, quem é?

O Tetrarca fez compreender, com um gesto, que era o carrasco.

Depois apresentou os Saduceus.

Jônatas, um homem baixo e desenvolto, falando grego, suplicou ao amo que os honrasse com uma visita a Jerusalém. Ele iria, provavelmente.

Eleazar, de nariz adunco e barba longa, reclamou para os Fariseus o manto do grande sacerdote, retido na torre Antônia pela autoridade civil.

Em seguida, os Galileus denunciaram Pôncio Pilatos. Por conta de um louco que procurava os vasos de ouro de Davi numa caverna, perto de Samaria, tinha assassinado alguns habitantes; e todos falavam de uma só vez, Manaei mais violentamente que os outros. Vitélio afirmou que os criminosos seriam punidos.

Explodiram vociferações em frente de um pórtico, onde os soldados haviam pendurado os escudos. Desfeitas as coberturas, via-se nos *umbo* a efígie de César. Isso era para os Judeus uma idolatria. Antipas fez uma arenga, enquanto Vitélio, na colunata, num assento elevado, espantava-se com aquele furor. Tibério tivera razão ao exilar quatrocentos na Sardenha. Mas em sua terra eram fortes; e mandou retirar os escudos.

Então cercaram o Procônsul, implorando reparações de injustiça, privilégios, esmolas. As roupas estavam rasgadas, esmagavam-se; e, para abrir passagem, escravos com bastões golpeavam à direita e à esquerda. Os mais próximos da porta desceram pelo caminho, outros vinham subindo; retrocederam; duas correntes se cruzavam nessa massa de homens que oscilava, comprimida pelas muralhas.

Vitélio perguntou por quê tanta gente. Antipas disse-lhe a causa: o festim de seu aniversário; e mostrou vários de seus servidores que, inclinados por cima das ameias, içavam imensos cestos de carne, frutas, legumes, antílopes e cegonhas, peixes grandes de cor azul, uvas, melancias, romãs empilhadas em pirâmides. Aulo não resistiu. Precipitou-se rumo às cozinhas, levado por aquela glutoneria que havia de surpreender o universo.

Ao passar perto de uma cave, avistou marmitas semelhantes a couraças. Vitélio veio examiná-las e exigiu que lhe abrissem as câmaras subterrâneas da fortaleza.

Eram talhadas na rocha em altas abóbadas, com pilares espaçados. A primeira continha velhas armaduras; mas a segunda transbordava de lanças que eriçavam suas pontas, emergindo de um feixe de plumas. A terceira parecia atulhada de feixes de caniços, tantas eram as flechas finas, perpendiculares umas às outras. Lâminas de cimitarra cobriam as paredes da quarta. No meio da quinta, fileiras de capacetes com seus penachos semelhavam cristas, como um batalhão de serpentes vermelhas. Não se viam na sexta mais que carcases; na sétima, cnêmides; na oitava, braçadeiras; nas seguintes, forquilhas, arpéus, escadas, cordagens, e mastros para as catapultas, e guizos para o peitoril dos dromedários! Como a montanha ia se alargando na base, esvaziada no interior como uma colméia, sob essas câmaras havia outras mais numerosas e ainda mais profundas.

Vitélio, Finéas, o intérprete, e Sisena, chefe dos publicanos, percorriam-nas à luz dos archotes levados por três eunucos.

Distinguiam-se na sombra coisas hediondas, inventadas pelos bárbaros: clavas guarnecidas de pregos, dardos que envenenavam as feridas, tenazes semelhantes a mandíbulas de crocodilos; enfim, o Tetrarca possuía em Maqueros munições de guerra para quarenta mil homens.

Ele as tinha reunido na expectativa de uma aliança de seus inimigos. Mas o Procônsul bem podia pensar ou dizer que eram para combater os romanos, e Antipas procurava explicações.

Não eram suas; muitas serviam para se defender dos salteadores; além disso, eram necessárias contra os Árabes; ou melhor, tudo aquilo pertencera a seu pai. E, em vez de caminhar atrás do Procônsul, ia à frente, com passos rápidos. Em seguida, postou-se contra a parede, que cobriu com a toga, separando os cotovelos; mas uma porta ultrapassava a altura de sua cabeça. Vitélio a notou e quis saber o que encerrava.

Só o Babilônio podia abri-la.

– Chame o Babilônio!

Esperaram por ele.

Seu pai viera das margens do Eufrates oferecer-se ao grande Herodes, com quinhentos cavaleiros, para defender as fronteiras orientais. Após a partilha do reino, Iassim permanecera na casa de Felipe, e agora servia Antipas.

Apresentou-se, um arco ao ombro, um chicote na mão. Cordões multicoloridos apertavam estreitamente as pernas tortas. Os braços grossos saíam de uma túnica sem mangas, e um boné de peles ensombrecia o rosto, de barba frisada em anéis.

Primeiro pareceu não compreender o intérprete. Mas Vitélio lançou um olhar a Antipas, que repetiu imediatamente a ordem. Então Iassim aplicou as duas mãos à porta. Esta deslizou na parede.

Um sopro de ar quente exalou das trevas. Um caminho descia em espiral; seguiram por ele e chegaram ao umbral de uma gruta, mais ampla que os outros subterrâneos.

Uma arcada se abria ao fundo, sobre o precipício que defendia a cidadela por esse lado. Uma madressilva, presa à abóbada, deixava cair suas flores em plena luz. Ao rés do chão, um filete de água murmurava.

Havia cavalos brancos ali, uma centena talvez, que comiam cevada sobre uma tábua situada à altura de suas bocas. Todos tinham a crina pintada de azul, os cascos enfiados em mitenes de esparto, e os pêlos entre as orelhas formando tufos sobre o frontal, como uma cabeleira. Com a cauda muito comprida, açoitavam-se brandamente os jarretes. O Procônsul ficou mudo de admiração.

Eram animais maravilhosos, flexíveis como serpentes, velozes como pássaros. Arremetiam com a flecha do cavaleiro, derrubavam os homens, mordendo-lhes o ventre, superavam o obstáculo dos penhascos, saltavam sobre os abismos, e durante um dia inteiro seguiam pelas planícies com seu galope frenético; uma palavra os detinha. Logo que Iassim entrou, vieram até ele, como ovelhas quando aparece o pastor; e, estirando o pescoço, olhavam-no inquietos, com olhos de criança. Por costume, ele lançou do fundo da garganta um grito rouco que os deixou alegres; e se empinavam, famintos de espaço, pedindo para correr.

Antipas, com medo de que Vitélio os levasse, confinara-o naquele lugar, feito especialmente para os animais, em caso de assédio.

– A cavalariça é ruim – disse o Procônsul –, corres o risco de perdê-los! Faz o inventário, Sisena!

O publicano tirou uma tabuleta do cinto, contou os cavalos e os inscreveu.

Os agentes das companhias fiscais corrompiam os governadores, a fim de pilhar as províncias. Sisena farejava por toda parte, com o queixo de fuinha e os olhos piscos.

Por fim, subiram de novo para o pátio. Aqui e ali, discos de bronze no meio do pavimento cobriam as cisternas. Ele observou uma, maior que as outras, e que não produzia a mesma sonoridade sob os tacões. Bateu em todos alternadamente, depois gritou, pisando com força:

– Encontrei! Encontrei! Aqui está o tesouro de Herodes!

A busca desses tesouros fazia a loucura dos romanos.

Não existiam, jurou o Tetrarca.

Mas, então, o que havia ali embaixo?

– Nada! Um homem, um prisioneiro.

– Mostra-o! – disse Vitélio.

O Tetrarca não obedeceu; os Judeus saberiam de seu segredo. Sua relutância em retirar o disco impacientava Vitélio.

– Arrombem! – gritou aos litores.

Manaei tinha adivinhado o que os ocupava. Ao ver o machado, pensou que iam decapitar Iokanaan; deteve o litor ao primeiro golpe na placa, introduziu entre esta e as pedras uma espécie de gancho, depois, estendendo os braços longos e magros, levantou-a bem devagar, e ela caiu; todos admiraram a força daquele velho. Sob a tampa revestida de madeira, abria-se um alçapão do mesmo tamanho. Com um murro, ela se dobrou em dois painéis; viu-se então um buraco, uma fossa enorme, contornada por uma escada sem corrimão; e aqueles que se curvaram sobre a borda divisaram no fundo alguma coisa vaga e assustadora.

Um ser humano estava deitado no chão, o corpo coberto de cabelos compridos confundindo-se com a pele de animal que abrigava suas costas. Levantou-se. A testa tocava numa grade fixada horizontalmente; e, de vez em quando, desaparecia nas profundezas do antro.

O sol fazia brilhar a ponta das tiaras, o pomo dos gládios, aquecia insuportavelmente o chão de pedras; e pombas, voando dos frisos, volteavam por cima do pátio. Era a hora em que Manaei normalmente lhes lançava um punhado de grãos. Permanecia agachado diante do Tetrarca, que estava em pé junto a Vitélio. Os Galileus, os sacerdotes, os soldados formavam um círculo por trás; todos calavam, na angústia do que ia acontecer.

Primeiro foi um grande suspiro, lançado com uma voz cavernosa.

Herodíade ouviu-o no outro lado do palácio. Vencida por um fascínio, atravessou a multidão; e escutava, uma das mãos no ombro de Manaei, o corpo inclinado.

A voz se elevou:

– Maldição sobre todos, Fariseus e Saduceus, raça de víboras, odres inchados, címbalos estridentes!

Reconheceram Iokanaan. Seu nome circulava. Outros acorreram.

– Maldição para ti, ó povo! E para os traidores de Judá, para os bêbados de Efraim, para os que habitam o vale fértil e cambaleiam aos vapores do vinho! Que se dissipem como a água que escoa, como a lesma que se desfaz quando caminha, como o aborto de uma mulher que não vê o sol. Será preciso, Moab, que te refugies nos ciprestes como os passarinhos, nas cavernas como os gerbos. Os portões das fortalezas cederão mais rapidamente do que cascas de noz, as paredes cairão, as cidades arderão em chamas; e o flagelo do Eterno não será detido. Remexerá teus membros no teu sangue, como a lã na cuba de um tintureiro. Rasgará teu corpo como um rastelo novo; espalhará pelas montanhas todos os pedaços de tua carne!

De que conquistador falava? Seria de Vitélio? Só os Romanos podiam causar tal extermínio. Queixas escapavam: "Basta! Basta! Ponham fim!".

Ele continuou mais alto:

– Junto ao cadáver das mães, as criancinhas vão se arrastar sobre as cinzas. Os homens terão de buscar o pão à noite, no meio dos escombros, à mercê das espadas. Os chacais disputarão ossadas nas praças públicas, onde ao entardecer os velhos conversavam. Tuas virgens, engolindo as lágrimas, tocarão a cítara nos festins do estrangeiro, e teus filhos mais valorosos curvarão a espinha, esfolada por fardos pesados demais!

O povo via de novo os dias de exílio, todas as catástrofes da história. Eram palavras dos antigos profetas. Iokanaan enviava-as, como grandes golpes, uma depois da outra.

Mas a voz se fez suave, harmoniosa, cantante. Anunciava uma libertação, esplendores no céu, o recém-nascido que metia um braço na caverna do dragão, o ouro no lugar da argila, o deserto desabrochando como uma rosa:

– O que vale sessenta *kiccars* agora não custará nem um óbolo. Fontes de leite brotarão dos rochedos, os homens dormirão nos lagares, de barriga cheia! Quando virás, tu, que eu espero? Desde já, todos os povos se ajoelham, e teu domínio será eterno, Filho de Davi!

O Tetrarca se curvou para trás, a existência de um Filho de Davi ultrajava-o como uma ameaça.

Iokanaan insultou-o por sua realeza – "Não há outro rei senão o Eterno!" – e por seus jardins, suas estátuas, seus móveis de marfim, como o ímpio Achab!

Antipas quebrou o cordãozinho do sinete pendurado ao peito e o atirou no fosso, ordenando-lhe que se calasse.

A voz respondeu:

– Gritarei como um urso, como um burro selvagem, como uma mulher que dá a luz! O castigo já está no teu incesto. Deus te aflige com a esterilidade do mulo!

E risos se elevaram, parecidos ao marulho das ondas.

Vitélio teimava em ficar. O intérprete, num tom impassível, repetiu na língua dos romanos todas as injúrias que Iokanaan rugia na sua. O Tetrarca e Herodíade eram obrigados a suportá-las duas vezes. Ele arfava, enquanto ela observava boquiaberta o fundo do poço.

O homem assombroso revirou a cabeça; e, agarrando as barras, encostou nelas o rosto com aspecto de sarça, em que cintilavam duas brasas.

– Ah! És tu, Jezabel! Conquistaste o seu coração com o estalido das tuas sandálias. Relinchavas como uma égua. Ergueste o teu leito sobre os montes, a fim de realizar teus sacrifícios! O Senhor arrancará teus brincos, teus vestidos de púrpura, teus véus de linho, os anéis dos teus pés e os pequenos crescentes de ouro que tremem em tua testa, teus espelhos de prata, teus leques de plumas de avestruz, os saltos de nácara que aumentam tua estatura, o orgulho dos teus diamantes, as essências dos teus cabelos, a pintura das tuas unhas, todos os artifícios da tua brandura; e faltarão pedras para lapidar a adúltera!

Ela procurou com o olhar uma defesa a seu redor. Os Fariseus baixavam hipocritamente os olhos. Os Saduceus viravam a cabeça, temendo ofender o Procônsul. Antipas parecia morrer.

A voz crescia, espalhava-se, soava com estampidos de trovão e, repetida pelo eco da montanha, fulminava Maqueros com estrondos multiplicados.

– Deita teu corpo no pó, filha de Babilônia. Faz moer a farinha! Tira o teu cinto, desata a tua sandália, arregaça a roupa, cruza os rios! Tua vergonha será descoberta, teu opróbio será visto! Teus soluços quebrarão teus dentes! O Eterno execra o fedor dos teus crimes! Maldita! Maldita! Morre como uma cadela!

O alçapão se fechou, a tampa desceu de novo. Manaei queria estrangular Iokanaan.

Herodíade desapareceu. Os Fariseus estavam escandalizados. Antipas, no meio deles, justificava-se.

– Sem dúvida – retomou Eleazar –, um homem tem o dever de casar com a mulher do seu irmão, mas Herodíade não era viúva e, além disso, tinha um filho, o que constitui uma abominação.

– Engano! engano! – objetou o Saduceu Jônatas. – A lei condena esses casamentos, sem proscrevê-los de forma absoluta.

– Não importa! É uma grande injustiça comigo! – dizia Antipas. – Pois, afinal, Absalão dormiu com as mulheres do pai, Judá com a nora, Amon com a irmã, Loth com as filhas.

Aulo, que acabava de dormir, reapareceu naquele momento. Quando foi inteirado do caso, aprovou o Tetrarca. Não havia por quê se incomodar com tolices semelhantes; e ria muito da censura dos sacerdotes e do furor de Iokanaan.

Herodíade, no meio da escadaria, voltou-se para ele.

– Estás errado, meu senhor! Ele ordena ao povo que recuse o imposto.

– É verdade? – perguntou imediatamente o publicano.

As respostas, de modo geral, foram afirmativas. O Tetrarca reforçava-as.

Vitélio pensou que o prisioneiro podia fugir; e como a conduta de Antipas parecia-lhe duvidosa, colocou sentinelas nas portas, ao longo das muralhas e no pátio.

Em seguida, foi para o seu aposento. As deputações de sacerdotes o acompanharam.

Sem tocar na questão dos sacrifícios, cada um expunha seus agravos.

Todos o importunavam. Dispensou-os.

Jônatas deixava-o quando percebeu, numa ameia, Antipas conversando com um homem de cabelo comprido e vestes brancas, um Essênio; e lamentou tê-lo defendido.

Uma reflexão consolara o Tetrarca. Iokanaan não dependia mais dele; os romanos se encarregariam. Que alívio! Fanuel passeava nesse momento pelo caminho da ronda.

Chamou-o e, assinalando os soldados:

– Eles são mais fortes! Não posso libertá-lo! A culpa não é minha!

O pátio estava vazio. Os escravos descansavam. Sob o vermelho do céu, que incandescia o horizonte, os menores objetos perpendiculares destacavam-se em negro. Antipas distinguiu as salinas no outro lado do Mar Morto, e não via mais as tendas dos Árabes. Teriam partido? A lua nascia; uma paz descia em seu coração.

Fanuel, abatido, permanecia com o queixo sobre o peito. Por fim, revelou o que tinha a dizer.

Desde o começo do mês estudava o céu antes do amanhecer, a constelação de Perseu encontrava-se no zênite. Agalah mal se mostrava, Algol brilhava menos, Mira-Coeti havia desaparecido; donde augurava a morte de um homem importante, essa mesma noite, em Maqueros.

Qual? Vitélio estava mais do que protegido. Iokanaan não seria executado. "Então sou eu", pensou o Tetrarca.

Os Árabes voltariam? O Procônsul descobriria suas relações com os Partas! Sicários de Jerusalém escoltavam os sacerdotes; levavam punhais debaixo das vestes; e o Tetrarca não duvidava da ciência de Fanuel.

Teve a idéia de recorrer a Herodíade. Odiava-a mesmo assim. Mas ela lhe daria coragem; e ainda não estavam rompidos todos os laços do feitiço de que outrora ele havia padecido.

Quando entrou em seu quarto, o cinamono fumegava numa bacia de pórfiro; e pós, ungüentos, tecidos semelhantes a nuvens, bordados mais leves que plumas espalhavam-se por toda parte.

Não falou do presságio de Fanuel, nem do medo aos Judeus e aos Árabes; ela o teria acusado de covardia. Falou apenas dos Romanos; Vitélio não lhe havia confiado nada dos seus projetos militares. Supunha-o amigo de Caio, que Agripa freqüentava; e seria mandado ao exílio, ou talvez o degolassem.

Herodíade, com uma indulgência desdenhosa, tratou de acalmá-lo. Por fim, tirou de um pequeno cofre uma estranha medalha, ornada com o perfil de Tibério. Isso bastava para empalidecer os litores e dissipar as acusações.

Antipas, comovido de gratidão, perguntou-lhe como a tinha conseguido.

– Alguém me deu – respondeu ela.

Por baixo de um reposteiro em frente, um braço nu se

estendeu, um braço jovem, encantador e como torneado em marfim por Policleto. Um pouco desajeitado, e no entanto gracioso, ele remava no ar, a fim de apanhar uma túnica esquecida num escabelo perto da parede.

Uma velha entregou-a delicadamente, afastando a cortina.

O Tetrarca intuiu uma lembrança que não conseguia precisar.

– Essa escrava é tua?

– Que importa? – respondeu Herodíade.

III

Os convivas apinhavam a sala do festim.

Tinha três naves, como uma basílica, separadas por colunas de madeira de acácia, com capitéis de bronze cobertos de esculturas. Duas galerias com clarabóias apoiavam-se nelas; e uma terceira, em filigrana de ouro, abaulava-se ao fundo, diante de uma arcada enorme que se abria no outro extremo.

Candelabros ardiam sobre as mesas alinhadas em toda a extensão da nave, formando arbustos de fogo entre as taças de terracota pintada e as travessas de cobre, os cubos de neve, os montes de uvas; mas esses clarões vermelhos perdiam-se progressivamente, por causa da altura do teto, e pontos luminosos brilhavam como estrelas à noite, entre os galhos. Pela abertura da grande galeria, viam-se archotes nos terraços das casas; pois Antipas festejava seus amigos, seu povo e todos os que se haviam apresentado.

Escravos, alertas como cães e com os dedos dos pés em sandálias de feltro, circulavam levando bandejas.

A mesa proconsular ocupava, sob a tribuna dourada, um estrado de tábuas de sicômoro. Tapetes da Babilônia envolviam-na numa espécie de pavilhão.

Em três leitos de marfim, um em frente e dois nos lados, estavam Vitélio, seu filho e Antipas; o Procônsul perto da porta à esquerda, Aulo à direita, o Tetrarca no meio.

Ele usava um pesado manto preto, cuja trama desaparecia sob aplicações coloridas, trazia pintura nas maçãs do rosto, a barba em leque, e pó azul nos cabelos, presos por um diadema de pedrarias. Vitélio conservava seu talabarte de púrpura, que descia em diagonal sobre uma toga de linho. Aulo fizera amarrar às costas as mangas de seu traje de seda violeta, laminado de prata. Os rolos de sua cabeleira formavam andares, e um colar de safiras cintilava em seu peito, gordo e branco como o de uma mulher. Perto dele, sobre uma esteira e com as pernas cruzadas, estava um menino belíssimo, que sorria sempre. Tinha-o visto nas cozinhas, não podia mais viver sem ele e, sendo difícil lembrar seu nome caldeu, chamava-o simplesmente de "Asiático". De vez em quando, estirava-se no triclínio. Então, seus pés descalços dominavam a assembléia.

Desse lado estavam os sacerdotes e os oficiais de Antipas, alguns habitantes de Jerusalém, os principais das cidades gregas; abaixo do Procônsul, estavam Marcelo com os publicanos, alguns amigos do Tetrarca, os notáveis de Cana, Ptolomaida, Jericó; depois, ao acaso, montanheses do Líbano e velhos soldados de Herodes: doze Trácios, um Gaulês, dois Germanos, caçadores de gazelas, pastores da Iduméia, o sultão de Palmira, marinheiros de Eziongaber. Cada um tinha diante de si um bolo de massa mole, para enxugar os dedos; e os braços, alongando-se como pescoços de abutres, apanhavam azeitonas, pistaches, amêndoas. Todos os semblantes estavam alegres, sob coroas de flores.

Os Fariseus tinham-nas recusado como indecência romana. Estremeceram quando foram aspergidos com gálbano e incenso, composição reservada para os usos do Templo.

Aulo esfregou as axilas com ela; e Antipas prometeu todo um carregamento do composto, três cestos cheios desse verdadeiro bálsamo, que fizera a Palestina ser cobiçada por Cleópatra.

Um capitão de sua guarnição de Tiberíade, que chegara havia pouco, postou-se atrás dele para inteirá-lo de acontecimentos extraordinários. Mas sua atenção estava dividida entre o Procônsul e o que se dizia nas mesas vizinhas.

Falavam de Iokanaan e das pessoas de sua laia; Simão de Gitoi lavava os pecados com fogo. Um certo Jesus...

– O pior de todos – exclamou Eleazar. – Que infame charlatão!

Atrás do Tetrarca, um homem se levantou, pálido como a bordadura de sua clâmide. Desceu o estrado e, interpelando os Fariseus:

– Mentira! Jesus faz milagres.

Antipas gostaria de vê-lo.

– Devias trazê-lo! Informa-nos!

Então o homem contou que ele, Jacó, tendo uma filha doente, havia se dirigido a Cafarnaum, para suplicar ao Mestre a graça de curá-la. O Mestre respondera: "Volta para a tua casa, ela está curada!". E ele a encontrara na soleira da porta, após ter deixado seu leito quando o quadrante solar do palácio marcava a terceira hora, o momento exato em que ele se aproximava de Jesus.

Certamente, objetaram os Fariseus, existiam práticas, ervas poderosas! Aqui mesmo, em Maqueros, às vezes era possível encontrar a *baara*, que torna invulnerável; mas curar sem ver nem tocar era coisa impossível, ao menos que Jesus recorresse aos demônios.

E os amigos de Antipas, os principais da Galiléia, repetiram, balançando a cabeça:

– Os demônios, evidentemente.

Jacó, de pé entre a mesa deles e a dos sacerdotes, calava-se com ar altivo e sereno.

Eles o intimavam a falar: "Justifica o seu poder".

Curvou os ombros e, em voz baixa, lentamente, como aterrorizado consigo mesmo:

– Então não sabem que ele é o Messias?

Todos os sacerdotes se entreolharam; e Vitélio pediu que lhe explicassem da palavra. Seu intérprete demorou um minuto para responder.

Chamavam assim a um libertador que lhes traria o gozo de todos os bens e a dominação de todos os povos. Alguns até afirmavam que era preciso contar com dois. O primeiro seria vencido por Gog e Magog, os demônios do Norte; mas o outro exterminaria o Príncipe do Mal; e, havia séculos, eles o esperavam a cada minuto.

Os sacerdotes haviam chegado a um acordo, Eleazar tomou a palavra.

Em primeiro lugar, o Messias seria filho de David, não de um carpinteiro; ele confirmaria a Lei; aquele Nazareno atacava-a; e, argumento mais forte, devia ser precedido pela vinda de Elias.

– Mas Elias já veio!

– Elias! Elias! – repetiu a multidão até o outro lado da sala.

Todos imaginavam um ancião sob uma revoada de corvos, um raio alumiando um altar, pontífices idólatras atirados às correntes; e as mulheres, nas tribunas, pensavam na viúva de Sarepta.

Jacó extenuava-se, repetindo que o conhecia! Ele o vira! E o povo também!

– O seu nome?

Então gritou com todas as suas forças:

– Iokanaan!

Antipas caiu de costas, como ferido em cheio no peito. Os Saduceus saltaram sobre Jacó. Eleazar perorava para se fazer ouvir.

Quando o silêncio foi restabelecido, ele se envolveu em seu manto e, como um juiz, fazia perguntas.

– Uma vez que o profeta morreu...

Murmúrios o interromperam. Pensava-se que Elias tivesse apenas desaparecido.

Enfureceu-se contra a multidão e, continuando a perguntar:

– Pensas que ressuscitou?

– Por que não? – disse Jacó.

Os Saduceus deram de ombros; Jônatas, arregalando os olhos miúdos, esforçava-se para rir como um bufão. Nada mais tolo do que a pretensão do corpo à vida eterna; e declamou para o Procônsul um verso de um poeta contemporâneo:

*Nec crescit, nec post mortem durare videtur.**

Mas Aulo estava debruçado à beira do triclínio, a testa suada, o rosto esverdeado, os punhos no estômago.

Os Saduceus fingiram grande emoção – no dia seguinte, concederam-lhes o privilégio dos sacrifícios –; Antipas dava

* Lucrécio, *De Natura Rerum* III, 338-339: "Ademais, o corpo não nasce por si só, / nem cresce, nem, manifestamente, se conserva depois da morte". [N. T.]

mostras de desespero; Vitélio continuava impassível. Suas angústias, porém, eram violentas; com o filho, perdia a fortuna.

Aulo não acabara de vomitar e já queria comer de novo.

– Dêem-me raspas de mármore, xisto de Naxos, água do mar, qualquer coisa! E se eu tomasse um banho?

Mastigou um pouco de neve, depois, tendo hesitado entre uma terrina de Comagena e uns melros rosados, decidiu-se por abóboras com mel. O Asiático o contemplava, aquela faculdade de deglutição denotando um ser prodigioso e uma raça superior.

Serviram-se rins de touro, arganazes, rouxinóis, picadinho em folhas de pâmpano; e os sacerdotes discutiam sobre a ressurreição. Amônio, discípulo de Filon, o Platônico, julgava-os estúpidos e o dizia para os Gregos, que zombavam dos oráculos. Marcelo e Jacó haviam-se unido. O primeiro narrava ao segundo a felicidade que sentira ao receber o batismo de Mitra, e Jacó o exortava a seguir Jesus. Os vinhos de palmeira e de tamariz, os de Safed e de Biblos fluíam das ânforas para as crateras, das crateras para as taças, das taças para as goelas; conversava-se, os corações se expandiam. Iassim, embora Judeu, não escondia mais sua adoração pelos planetas. Um mercador de Afaka pasmava alguns nômades, detalhando as maravilhas do templo de Hierápolis; e eles perguntavam quanto custaria a peregrinação. Outros apegavam-se a sua religião natal. Um Germano quase cego cantava um hino, celebrando um promontório da Escandinávia onde os deuses aparecem com seus rostos flamejantes; e os de Siquém não comeram as rolinhas por deferência para com a pomba Azima.

Muitos conversavam de pé, no meio da sala; e o vapor da respiração, com a fumaça dos candelabros, formava uma bruma no ar. Fanuel passou ao longo das paredes. Acabava de estudar mais uma vez o firmamento, mas não se aproximava do Tetrarca, com medo das manchas de azeite que, para os Essênios, eram uma grande impureza.

Pancadas ressoaram contra o portão do castelo.

Sabia-se agora que Iokanaan estava detido ali. Homens com tochas subiam pelo caminho; uma massa negra formigava na ravina; e vociferavam de vez em quando: "Iokanaan! Iokanaan!".

– Ele perturba tudo – disse Jônatas.

– Se ele continuar, não teremos mais dinheiro! – acrescentaram os Fariseus.

E recriminações surgiam:

– Protege-nos!

– Que isto termine!

– Tu abandonas a religião!

– Ímpio como os Herodes!

– Menos do que vocês! – replicou Antipas. – Foi meu pai quem edificou o vosso templo!

Então os Fariseus, os filhos dos proscritos, os partidários dos Matatias acusaram o Tetrarca pelos crimes de sua família.

Tinham crânios pontiagudos, a barba eriçada, mãos fracas e mirradas, ou o rosto achatado, olhos grandes e redondos, ar de buldogues. Uns doze, escribas e criados dos sacerdotes, alimentados com as sobras dos holocaustos, investiram contra o estrado; e, com suas facas, ameaçavam Antipas, que lhes advertia, enquanto os Saduceus o defendiam com frouxidão. Avistou Manaei e fez-lhe sinal para ir embora, enquanto Vitélio mostrava por sua postura que essas coisas não lhe diziam respeito.

Os Fariseus, em seu triclínio, lançaram-se num furor demoníaco. Quebraram os pratos a sua frente. Tinham-lhes servido o guisado preferido de Mecenas: burro selvagem, uma carne imunda.

Aulo escarneceu-os a propósito da cabeça de burro que veneravam, segundo se dizia, e recitou outros sarcasmos sobre a antipatia que tinham pelo porco. Sem dúvida era porque esse animal gordo havia matado o seu Baco; e eles gostavam demasiado de vinho, pois se descobrira no Templo uma videira de ouro.

Os sacerdotes não compreendiam suas palavras. Fineás, Galileu de origem, recusou-se a traduzi-las. Então a cólera de Aulo foi desmedida, tanto mais porque o Asiático, possuído pelo medo, havia desaparecido; e a comida lhe desagradava, os pratos eram vulgares, sem o tempero necessário! Acalmou-se ao ver rabos de ovelhas sírias, que são feitos de gordura.

O caráter dos Judeus parecia horrendo a Vitélio. O seu deus bem podia ser Moloch, cujos altares havia encontrado pelo caminho; e os sacrifícios de crianças voltaram a seu espírito, com a história do homem que eles engordavam misteriosamente. Seu coração de Latino se sublevava de asco diante daquela intolerância, daquela raiva iconoclasta, daquele embrutecimento. O Procônsul queria partir. Aulo recusou-se.

Com a veste abaixada até os quadris, jazia atrás de um monte de vitualhas, empanturrado demais para comê-las, mas obstinando-se em não deixá-las de lado.

A exaltação do povo cresceu. Entregaram-se a projetos de independência. Evocava-se a glória de Israel. Todos os conquistadores tinham sido castigados: Antígono, Crasso, Varo...

– Miseráveis! – disse o Procônsul, pois compreendia o siríaco, e seu intérprete só servia para lhe dar folga antes de responder.

Antipas tirou rapidamente a medalha do Imperador e, observando-a com tremor, mostrava o lado com a imagem.

Os painéis da tribuna de ouro abriram-se de repente; e ao esplendor dos círios, entre escravos e festões de anêmona, Herodíade apareceu, penteada com uma mitra assíria que uma corrente prendia à testa; o cabelo em espirais espalhava-se sobre um peplo escarlate, fendido ao longo das mangas. Dois monstros de pedra, semelhantes aos do tesouro deos Atridas, erguiam-se contra a porta, ela se parecia a Cibele encostada em seus leões; e do alto da balaustrada acima de Antipas, com uma pátera na mão, ela gritou:

–Vida longa a César!

Esta homenagem foi repetida por Vitélio, Antipas e os sacerdotes.

Mas do fundo da sala veio um murmúrio de surpresa e admiração. Uma jovem acabava de entrar.

Sob um véu azulado que lhe cobria o peito e a cabeça, distinguiam-se os arcos dos olhos, as calcedônias das orelhas, a brancura da pele. Um quadrado de seda coruscante, cobrindo os ombros, prendia-se aos quadris por um cinto de ourivesaria. Os saiotes pretos estavam semeados de mandrágoras, e, de modo indolente, ela fazia estalar pequenas pantufas de plumas de beija-flor.

Subindo ao estrado, retirou o véu. Era Herodíade, como outrora, na juventude. Depois, começou a dançar.

Seus pés passavam um diante do outro ao ritmo da flauta e de um par de crótalos. Os braços torneados chamavam alguém que fugia sempre. Ela o perseguia, mais leve que uma borboleta, como uma Psique curiosa, uma alma vagabunda e prestes a voar.

Os sons fúnebres da flauta fenícia substituiram os crótalos. O abatimento sucedera à esperança. Seus gestos expressavam suspiros, e toda a sua pessoa, uma tal languidez que não se sabia se chorava por um deus ou morria com as suas carícias. As pálpebras entreabertas, arqueava o corpo, balançava o ventre com meneios de onda, fazia tremer os seios, e seu rosto permanecia imóvel, e os pés não paravam.

Vitélio comparou-a a Mnester, o pantomimo. Aulo ainda vomitava. O Tetrarca se perdia num sonho e não pensava mais em Herodíade. Pensou vê-la junto aos Saduceus. A visão se distanciou.

Não era uma visão. Ela havia mandado instruir, longe de Maqueros, sua filha Salomé, que o Tetrarca amaria; e a idéia era boa. Agora tinha certeza!

Depois veio o arrebatamento do amor que precisa ser saciado. Dançou como as sacerdotisas das Índias, como as Núbias das cataratas do Nilo, como as bacantes da Lídia. Retorcia-se para todos os lados, como uma flor que a tempestade agita. Os brilhantes das orelhas saltavam, o tecido das costas cintilava; dos braços, dos pés, das vestes saltavam faíscas invisíveis, que inflamavam os homens. Uma harpa cantou; a multidão respondeu com aclamações. Sem dobrar os joelhos, separando as pernas, curvou-se de tal modo que o queixo roçava o chão; e os nômades habituados à abstinência, os soldados de Roma entendidos em devassidão, os publicanos avarentos, os velhos sacerdotes amargurados pelas disputas, todos, dilatando as narinas, palpitavam de concupiscência.

Depois ela girou ao redor da mesa de Antipas, freneticamente, como o pião das feiticeiras; com uma voz entrecortada por soluços de volúpia, ele dizia: "Vem, vem!". E continuava a girar; os tímpanos soavam com estridência, a multidão uivava. Mas o Tetrarca gritava mais alto: "Vem, vem! Eu te darei Cafarnaum! A planície de Tiberíade! Minhas cidadelas! A metade do meu reino!".

Ela se pôs de cabeça para baixo, os calcanhares no ar, percorreu assim o estrado como um grande escaravelho; e parou, bruscamente.

Sua nuca e suas vértebras formavam um ângulo reto. As camadas de cores que envolviam suas pernas, caindo sobre os ombros como um arco-íris, contornavam o seu rosto, a um côvado do chão. Os lábios estavam pintados, as sobrancelhas muito negras, os olhos quase terríveis, e as gotículas em sua testa pareciam vapor sobre mármore branco.

Ela não falava. Os dois se olhavam.

Um estalar de dedos ouviu-se na tribuna. Ela subiu até ali, reapareceu; e, zezeando um pouco, pronunciou estas palavras, com ar infantil:

– Quero que me dês, num prato, a cabeça... – tinha esquecido o nome, mas prosseguiu, sorrindo – ...a cabeça de Iokanaan!

O Tetrarca desabou, derrotado.

Tinha empenhado a palavra, e o povo esperava. Mas a morte que lhe fora pressagiada, atingindo um outro, não evitaria talvez a sua? Se Iokanaan fosse, de fato, Elias, poderia subtrair-se à morte; se não o fosse, o assassinato não teria importância.

Manaei estava a seu lado e compreendeu sua intenção.

Vitélio chamou-o para lhe confiar a senha das sentinelas que guardavam a cova.

Foi um alívio. Em um minuto, tudo estaria terminado!

No entanto, Manaei não estava preparado para a tarefa.

Voltou, mas perturbado.

Havia quarenta anos que exercia a função de carrasco. Fora ele que havia afogado Aristóbulo, estrangulado Alexandre, queimado vivo Matatias, decapitado Zósimo, Papo, José e Antipater, e não ousava matar Iokanaan! Seus dentes estalavam, todo o seu corpo tremia.

Avistara em frente à cova o Grande Anjo dos Samaritanos, todo coberto de olhos e brandindo um imenso gládio, vermelho e denteado como uma chama. Dois soldados trazidos como testemunhas podiam confirmá-lo.

Não tinham visto nada, a não ser um capitão Judeu que se precipitara contra eles e que já não existia.

O furor de Herodíade desaguou numa torrente de injúrias vulgares e sangrentas. Quebrou as unhas na grade da tribuna, e os dois leões esculpidos pareciam morder seus ombros e rugir como ela.

Antipas imitou-a, os sacerdotes, os soldados, os Fariseus, todos clamando por vingança, e os outros, indignados por lhes retardarem o prazer.

Manaei saiu, cobrindo o rosto.

Os convidados sentiram a demora ainda mais longa que da primeira vez. Aborreciam-se.

De repente, um ruído de passos repercutiu nos corredores. O mal-estar tornava-se intolerável.

A cabeça entrou; e Manaei segurava-a pelos cabelos, na extremidade do braço, orgulhoso com os aplausos. Depois de colocá-la num prato, veio oferecê-la a Salomé.

Ela subiu agilmente à tribuna; e, alguns minutos mais tarde, a cabeça foi trazida pela velha que o Tetrarca avistara de manhã no teto de uma casa e, há pouco, no quarto de Herodíade.

Ele recuava para não vê-la. Vitélio lançou-lhe um olhar indiferente.

Manaei desceu do estrado e exibiu-a aos capitães romanos, depois a todos que comiam desse lado.

Examinaram-na.

A lâmina afiada do instrumento, deslizando de cima para baixo, cortara parte da mandíbula. Uma convulsão retesava os cantos da boca. O sangue, já coagulado, salpicava a barba. As pálpebras fechadas estavam pálidas como conchas; e candelabros ao redor emitiam raios.

Chegou à mesa dos sacerdotes. Um Fariseu virou-a com curiosidade; e Manaei, aprumando-a, colocou-a diante de Aulo, que despertou. Pela fresta das pestanas, as pupilas mortas e as pupilas apagadas pareciam se dizer alguma coisa.

Em seguida, Manaei apresentou-a a Antipas. Lágrimas correram nas faces do Tetrarca.

As tochas se apagavam. Os convidados partiram; e só Antipas ficou na sala, as mãos nas têmporas, sem deixar de olhar a cabeça decepada, enquanto Fanuel, de pé no meio da grande nave, murmurava orações, os braços estendidos.

No momento em que despontava o sol, dois homens, enviados de Iokanaan, voltaram com a resposta tanto tempo esperada.

Confiaram-na a Fanuel, que sentiu um arrebatamento.

Depois, ele lhes mostrou o objeto lúgubre no prato, entre os despojos do festim. Um dos homens disse:

– Consola-te! Ele desceu aos mortos para anunciar o Cristo.

O Essênio compreendia agora aquelas palavras: "Para que ele cresça, é preciso que eu diminua!".

E os três, pegando a cabeça de Iokanaan, tomaram o rumo da Galiléia.

Como era muito pesada, carregavam-na alternadamente.

Apêndice

Os contos nas cartas

Correspondente contumaz, Flaubert deixou uma das grandes coleções de cartas do século XIX. Dirigindo-se à família, à amante, Louise Collet, a colegas de ofício como Louis Bouilhet, Guy de Maupassant e Ivan Turguêniev, mas também a leitores e admiradoras, Flaubert sabe ser franco, malicioso, preciso, terno, desbocado. Prodigaliza atenções, frases de efeito, rompantes de cólera e reflexões profundas sobre os rigores e as glórias do ofício de escritor.

As cartas permitem ainda que se acompanhe de perto a concepção e a redação de suas obras. No caso dos *Três contos*, a primeira referência ocorre numa carta à sobrinha Caroline, escrita em Concarneau e datada de 25 de setembro de 1875:

> Asseguro que estou razoavelmente bem. Tentei até começar alguma coisa curta, pois escrevi (em três dias!) meia página de esboços para a *Legenda de São Julião Hospitaleiro*. Se quiser conhecê-la, pegue o *Ensaio sobre a pintura em vidro*, de

> Langlois. [...] Mas *quero* me forçar a escrever o São Julião. Será uma espécie de curativo, para ver no que dá.

A mesma idéia – "São Julião" como uma espécie de tônico – reaparece pouco depois, em 3 de outubro, numa carta à sra. des Genettes:

> Quanto à literatura, já não acredito em mim; eu me acho vazio, o que é uma descoberta pouco reconfortante. *Bouvard e Pécuchet* era difícil demais, eu desisto; procuro um outro romance, sem encontrar nada. Enquanto isso, vou me pôr a escrever a legenda de *São Julião Hospitaleiro*, apenas para me ocupar com alguma coisa, para ver se ainda sei fazer uma frase, coisa de que duvido. Será bem curta, talvez umas trinta páginas. Depois, caso não encontre nada e caso me sinta melhor, retomarei *Bouvard e Pécuchet.*

Em fins de dezembro do mesmo ano, escrevendo a George Sand, Flaubert soa mais confiante – "Agora estou escrevendo uma coisinha que as mães poderão deixar as filhas lerem" – e mais irônico também, uma vez que se trata da história de um santo parricida. Em 6 de fevereiro de 1876, faz uma profissão de fé à mesma George Sand e anuncia "Um coração simples":

> Quanto a manifestar minha opinião pessoal sobre os sujeitos que eu ponho em cena, não, não, mil vezes não! Não me arrogo esse direito. Se o leitor não tira de um livro a moralidade que deveria encontrar, então o leitor é um imbecil ou o livro é *falso* do ponto de vista da exatidão. [...] Depois do meu continho, farei um outro, pois me sinto

abalado demais para enfrentar um livro grande. De início, pensei em publicar *São Julião* num jornal, mas desisti.

Um mês depois, numa carta escrita entre os dias 13 e 18 de março à sra. des Genettes, Flaubert fala de seu trabalho no conto normando:

> Eu devia ter respondido imediatamente, mas já levo três dias num desvario: não consigo aprumar minha *História de um coração simples*. Ontem, trabalhei por dezesseis horas, hoje, o dia inteiro, e esta noite, enfim, terei terminado a primeira página.

À mesma senhora, em fins de abril de 1876, fala da viagem às paisagens da infância e, agora com o volume de contos em mente, faz uma primeira alusão a "Herodíade":

> [...] para me documentar, fiz uma pequena viagem a Pont-l'Évêque e a Honfleur! Essa excursão me embebeu de tristeza, pois forçosamente tomei um banho de recordações. Como estou velho, meu Deus! Como estou velho! [...] Sabe o que eu quero escrever depois disto? A história de São João Batista. A frouxidão de Herodes face a Herodíade me excita. A coisa toda ainda está em estado de sonho, mas tenho bastante vontade de revirar essa idéia. Se o fizer, terei três contos, poderia publicar no outono um volume bem esquisito.

É a mesma senhora des Genettes que recebe, em 19 de junho, um resumo do que será o primeiro conto:

A *História de um coração simples* é, muito sinceramente o relato da vida obscura de uma moça do campo, devota, mas mística, abnegada, mas sem exaltação, e boa como pão fresco. Ela ama sucessivamente um homem, os filhos da patroa, um sobrinho, um velho de quem cuida e, depois, o papagaio; quando o papagaio morre, ela manda empalhá-lo e, morrendo por sua vez, confunde o papagaio com o Espírito Santo. Tudo isso não é nada irônico, como a senhora poderia supor, mas, ao contrário, muito sério e muito triste. Quero apiedar, fazer chorar as almas sensíveis, sendo eu mesmo uma delas. [...] A senhora conhece as *Fioretti* de São Francisco? Digo isso porque acabo de me dedicar a essa leitura edificante. E, a propósito, acho que, se continuar assim, terei meu lugar garantido entre os luminares da Igreja. Serei uma das colunas do templo. Depois de Santo Antônio, São Julião; e agora São João Batista; não largo os santos. Para este, vou me cuidar para não soar "edificante". A história de Herodíade, tal como a compreendo, não tem nenhuma relação com a religião. O que me seduz nela são os trejeitos oficiais de Herodes (que era um autêntico prefeito) e a figura selvagem de Herodíade, uma espécie de Cleópatra e Madame de Maintenon. A questão das raças dominava tudo. A senhora logo verá.

O trabalho parece caminhar bem, pois, por essa mesma época, numa carta de 25 de junho de 1876 a Ivan Turguêniev, Flaubert mostra-se mais confiante – e ambicioso:

Minha *História de um coração simples* estará concluída, sem dúvida, no final de agosto. Depois, vou enfrentar *Herodíade*!

> Mas como é difícil! Por Deus, como é difícil! Quanto mais avanço, mais o percebo. Tenho a impressão de que a Prosa francesa pode chegar a uma beleza de que mal se faz idéia.

Em seguida, é à sobrinha Caroline que fala dos estágios finais da redação de "Um coração simples"; em 8 de julho, mostra-se orgulhoso da criatura:

> Acho que não ficará ruim. Mas, no começo, eu me empolguei com descrições longas demais. Cortarei algumas que são encantadoras: a literatura é a arte dos sacrifícios...

E, um mês depois, em 7 de agosto, escreve: "Mas, sobretudo, é preciso terminar a minha *Félicité* de modo esplêndido!". O brilho das páginas finais do conto parece contaminar a abertura do seguinte, pois, em 17 de agosto, diz à sobrinha que

> agora que terminei *Félicité*, *Herodíade* se apresenta e eu vejo (nitidamente, como vejo o Sena) a superfície do Mar Morto brilhando ao sol. Herodes e sua mulher estão num terraço de onde se vêem as telhas douradas do Templo.

Flaubert logo se exalta diante das possibilidades que a história bíblica oferece; ao mesmo tempo, ressurge a lembrança do fracasso de *Salammbô*. Enquanto se prepara para escrever, confessa à sra. des Genette, em 27 de setembro:

> Essa história de Herodíade, à medida que se aproxima o momento de escrever, me inspira uma veneta bíblica. Tenho medo de recair nos efeitos de *Salammbô*, pois minhas perso-

nagens são da mesma raça e o ambiente é mais ou menos o mesmo. Espero, porém, que essa crítica, que não deixarão de me fazer, venha a ser injusta. Depois, voltarei àqueles dois sujeitos [*Bouvard e Pécuchet*].

É também o fantasma de *Salammbô* que se nota nas entrelinhas de uma carta a Guy de Maupassant, com data de 25 de outubro:

> Em sete ou oito dias, enfim, começarei minha *Herodíade*. Terminei minhas anotações e agora estou desemaranhando meu plano. O difícil aqui é dispensar, na medida do possível, as explicações indispensáveis.

Flaubert não se deixa abater, como sugere uma carta a Ivan Turguêniev, do mesmo mês:

> Fiz minhas anotações para *Herodíade* e agora trabalho no plano. Pois embarquei numa obra que não é nada cômoda, por causa das explicações de que o leitor francês precisa. Conseguir vida e clareza com elementos tão complexos oferece dificuldades gigantescas. Mas, se não houvesse dificuldades, que seria da diversão?

Sentindo-se prestes a concluir a história, escreve ao mesmo colega, em 14 de dezembro:

> Se eu continuar neste ritmo, terminarei *Herodíade* no fim de fevereiro. No Ano Novo, espero ter metade pronta. Onde isso vai dar? Ignoro. Em todo caso, a coisa tem toda

a aparência de um belo vozerio, pois em suma, é *isso* que importa: o Vozerio, a Ênfase, a Hipérbole. Sejamos desenfreados!

Na véspera do Ano Novo, deixa transparecer alguma dúvida para a sobrinha – "Mas por que não estou tão *seguro* como estava dos dois outros?" – e para Edmond de Goncourt – "Todos os meus esforços visam a que este conto não se pareça a *Salammbô*". A incerteza persistirá quase até o final; em 28 de janeiro de 1877, desabafa com Caroline:

> Estou doente com o medo que me inspira a Dança de Salomé! Tenho medo de estragá-la. Além do mais, estou por um fio. Já é tempo que isto termine e que eu possa dormir. Quando nos encontrarmos, ainda me faltarão duas ou três páginas. Preciso contemplar uma cabeça humana recém-cortada.

Publicados os *Três contos*, Flaubert pragueja contra a tentativa de golpe de Estado do marechal MacMahon e comenta com a sra. des Genettes, em 30 de maio de 1877, a recepção do volume na imprensa francesa:

> Esse idiota de MacMahon prejudica bastante a estréia dos *Três contos*; mas eu me consolo, pois, afinal de contas, não esperava um sucesso como o do *Assomoir* [de Zola]. [...] Como de hábito, fiz que dissessem muita estupidez, pois tenho o dom de aturdir a crítica. Ela quase deixou *Herodíade* passar em silêncio. Alguns, como Sarcey, tiveram a boa-fé de dizer que era "forte demais para eles". Um cavalheiro, no

Union, acha que Félicité é uma "Germinie Lacerteux na terra da sidra"! Aproximação engenhosa.

E, finalmente, em 21 de agosto, diverte-se com Caroline: "Os *Três contos* do Ancião de Cro-Magnon foram recomendados no catálogo de uma livraria católica, a casa Palmé"!

São Julião na *Legenda áurea*

"Eis aqui a história de São Julião Hospitaleiro, mais ou menos como se encontra num vitral de igreja da minha terra." Mais ou menos, de fato: a história ornamenta um dos vitrais da catedral de Rouen, onde Flaubert nasceu, mas o escritor recorreu a muitas outras fontes para compor a sua própria versão: o *Ensaio sobre a pintura em vidro*, de seu antigo professor Langlois, as *Legendas devotas da Idade Média*, de Maury, manuais de caça e inúmeras obras de história e religião, além, é claro, da *Legenda áurea* de Jacopo de Varazze, a grande compilação medieval de vidas de santos. Contudo, uma vez chegada a hora de escrever, a liberdade é total: Flaubert se apodera dos traços esquemáticos da hagiografia, ao mesmo tempo que se permite alterar, suprimir ou acrescentar detalhes e episódios.

Uma anedota ilustra essa perfeita liberdade criativa: entre 1877 e 1879, Flaubert e seu editor Georges Charpentier consideram a possibilidade de uma edição de luxo de *São Julião*, com uma prancha em policromia; em 16 de fevereiro de 1879, o autor escreve ao editor: "Queria colocar o vitral da catedral de Rouen logo depois do *São Julião*. Tratava-se apenas de colorir a prancha que se encontra no livro de Langlois. E essa ilustração me agradava precisamente por não ser uma ilustração, mas um documento histórico. Comparando a imagem ao texto, todos diriam: *Não entendi nada. Como foi que ele tirou isto daquilo?*".

Leia-se nesse espírito o texto que segue, um trecho da *Legenda áurea** em que se narra a vida de um dos santos de nome Julião ou Juliano, como prefere o tradutor:

"Há um outro Juliano, que matou o pai e a mãe sem saber. Um dia, esse jovem nobre gozava o prazer da caçada e perseguia um cervo, que de repente, por vontade divina, virou-se para ele e disse: 'Por que me persegue, você que matará seu pai e sua mãe?'. Ouvindo isso, Juliano ficou impressionado e, temeroso de que tal desgraça predita pelo cervo se concretizasse, foi embora sem avisar ninguém, retirando-se para uma região bem distante, onde se pôs a serviço de um príncipe. Ali se comportou tão honradamente, na guerra e na corte, que o príncipe fez dele seu lugar-tenente e casou-o com uma castelã viúva, dando-lhe como dote.

"Entretanto os pais de Juliano, atormentados com o desaparecimento do filho, puseram-se à sua procura, percorrendo vários lugares na esperança de encontrá-lo. Chegaram enfim ao castelo de que Juliano era senhor. Naqueles dias Juliano estava ausente. Quando sua mulher os viu e perguntou quem eram, e eles contaram tudo o que tinha acontecido com seu filho, ela reconheceu que eram o pai e a mãe de seu esposo, que várias vezes lhe

* *Legenda áurea*, tradução de Hilário Franco Jr. (São Paulo: Companhia das Letras, 2003), pp. 217-218.

contara sua história. Recebeu-os, pois, com bondade e, por amor ao marido, cedeu-lhes sua cama, indo dormir em outra. De manhã, enquanto a castelã estava na igreja, Juliano voltou, entrou em seu quarto para acordar a esposa e, encontrando duas pessoas adormecidas que supôs ser sua mulher em adultério, sem fazer barulho sacou a espada e matou a ambos.

"Ao sair de seus aposentos, viu a esposa voltando da igreja. Surpreso, perguntou quem eram as pessoas que estavam deitadas em sua cama: 'São seus pais, que o procuraram durante muito tempo e que mandei instalar em nosso quarto'. Ao ouvir isso, ele ficou semimorto, pôs-se a chorar lágrimas amaríssimas e a dizer: 'Ah, desgraçado! Que farei? Matei meus pais bem-amados! Consumou-se a profecia do cervo. Querendo evitar a mais infortunada das desgraças, consumei-a. Adeus, irmã querida, não descansarei mais enquanto não souber que Deus aceitou minha penitência'. Ela respondeu: 'Ninguém dirá, querido irmão, que o abandonei, e assim como compartilhei os prazeres, compartilharei também a dor'. Os dois então se retiraram para as margens de um grande rio onde muitos perdiam a vida, lá estabelecendo um grande hospital onde fizeram penitência, ocupando-se daqueles que queriam atravessar o rio, e recebiam os pobres.

"Certa vez, muito tempo depois, enquanto descansava de suas fadigas e lá fora ocorria uma forte geada, por volta da meia-noite Juliano ouviu uma voz que se lamentava e o chamava pelo nome, pedindo em tom lúgubre que o levasse para o outro lado do rio. Ouvindo isso, levantou-se imediatamente e trouxe para casa um homem que encontrou morrendo de frio. Acendeu a lareira e esforçou-se por aquecê-lo, mas como não o conseguia, temeroso que o homem morresse, levou-o para seu catre e cobriu-o com cuidado. Alguns instantes depois, aquele indivíduo que parecia tão doente e coberto de lepra ergueu-se luminoso e resplandecente, começou a subir ao Céu e disse a seu anfitrião: 'Juliano, o Senhor enviou-me para avisar que aceitou sua penitência e que em pouco tempo ambos, você e sua esposa, repousarão no Senhor'. Então desapareceu, e pouco depois Juliano e sua esposa, repletos de boas obras e esmolas, dormiram no Senhor."

Sugestões de leitura

A melhor edição dos *Três contos* é, sem dúvida, a de Pierre-Marc de Biasi (Paris: Flammarion, 1986), que serviu de base para esta tradução. Em português, pode-se ler a boa versão que F. Moretto fez de *Madame Bovary* (São Paulo: Nova Alexandria, 1993); a *Educação sentimental* foi traduzida com correção por A. Casais Monteiro (São Paulo: Difel, 1959). Para a *Correspondência*, consulte-se a belíssima edição de Jean Bruneau para a Pléiade, que já conta com quatro dos cinco volumes previstos.

A biografia de Herbert Lottmann, *Gustave Flaubert* (Paris: Fayard, 1989) é excelente ao limpar o terreno das mitologias tecidas em torno ao autor. Para uma introdução geral à obra, recomendam-se duas obras exemplares em seu gênero: *Gustave Flaubert* de Albert Thibaudet (Paris: Gallimard, 1982) e Victor Brombert, *Flaubert par lui-même* (Paris: Seuil, 1971). O livro de Harry Levin, *The Gates of Horn. A Study of Five French Realists* (New York: Galaxy Books, 1966), situa Flaubert na tradição realista que vai de Stendhal a Proust. De orientação diferente, há também o livrinho de P.-M. de Biasi, *Flaubert: les secrets de l'homme-plume* (Paris: Hachette: 1995). Dolf Oehler tem ensaios importantes e inovadores sobre Flaubert em dois de seus livros: *O Velho Mundo desce aos infernos* (São Paulo: Companhia das Letras, 1999) e *Terrenos vulcânicos* (São Paulo: Cosac & Naify, 2004). Com feição mais tradicional, há duas obras importantes: Jean Bruneau, *Les débuts littéraires de Gustave Flaubert* (Paris: Armand Colin, 1962) e Marie-Jeanne Durry, *Flaubert et ses projets inédits* (Paris: Nizet, 1950).

Alguns textos mais curtos são essenciais, a começar por "Na mansão de La Mole", o capítulo de *Mimesis* (São Paulo: Perspectiva, 1970), de Erich Auerbach, em que se discute o realismo francês do século XIX. Em seguida, o ensaio de Marcel Proust, "À propos du style de Flaubert", in *Contre Sainte Beuve* (Paris: Gallimard, 1971), que Carlo Ginzburg retoma em "Decifrar um espaço em branco", in *Relações de força* (São Paulo: Companhia das Letras, 2002). Paul Valéry comenta um aspecto característico do autor em "La Tentation de (saint) Flaubert", in *Oeuvres* (Paris: Gallimard, 1957). Vale a pena ler o capítulo que Peter Brooks dedica a Flaubert em *Reading for the Plot. Design and Intention in Narrative* (Cambridge, Mass.: Harvard University Press, 1984), bem como o ensaio de Gérard Genette, "Silences de Flaubert", in *Figures* (Paris: Seuil, 1966). E Flaubert é também um dos personagens de *Orientalismo*, de Edward Said (São Paulo: Companhia das Letras, 2001).

Sobre os *Três contos*, a melhor obra de síntese é a de A. W. Raitt, *Flaubert: Trois Contes* (Londres: Grant & Cutler, 1991); a de Hans Peter Lund, *Gustave Flaubert: Trois Contes* (Paris: PUF, 1994), é muito escolar. Roland Barthes comentou um trecho de "Um coração simples" em "L'effet de réel", in *Oeuvres complètes* (Paris:

Seuil, 1994), vol. II; de orientação semelhante é o texto de P.-M. de Biasi sobre "São Julião", "Le palimpseste hagiographique", in *La Revue des Lettres Modernes*, número *Gustave Flaubert 2*, 1986, ou ainda o de G. Genette sobre o terceiro conto, "Demotivation in *Hérodias*", in Naomi Schor e Henry Majewski (orgs.), *Flaubert and Postmodernism* (Lincoln/Londres: University of Nebraska Press, 1984). Uma amostra dos estudos de crítica genética em torno a Flaubert encontra-se em Raymonde Debray-Genette, *Métamorphoses du récit* (Paris: Seuil, 1988). Mas as observações de Sartre sobre "São Julião", no terceiro volume de *L'Idiot de la famille* (Paris: Gallimard, 1988), ainda não foram superadas.

Também merecem atenção os ensaios críticos e memorialísticos de alguns contemporâneos do autor. As recordações de Maupassant estão recolhidas em *Gustave Flaubert* (Campinas: Pontes, 1990); o ensaio de Henry James sobre o colega francês está em *Selected Literary Criticism* (Londres: Heinemann, 1963) e o de Zola, em *Do Romance* (São Paulo: Edusp, 1995).

Por fim, vale lembrar que Félicité e Lulu inspiraram o divertido romance de Julian Barnes, *Flaubert's Parrot* (Londres: Jonathan Cape, 1984).

TIPOLOGIA	Bembo
PAPEL	Pólen Print 90 g/m^2
CTP E IMPRESSÃO	RR Donnelley Moore
TIRAGEM	2000